MARTIN BECK SERIES 02

MANNEN SOM GICK UPP I RÖK

MAJ SJÖWALL & PER WAHLÖÖ

ECUS
Publishing House

馬丁・貝克｜刑事檔案 02

蒸發的男人

麥伊・荷瓦兒 ╳ 培爾・法勒 著
柯翠蓮 譯

木馬文化

目次

編者的話

故事，從一個名字開始

一九六五年，瑞典斯德哥爾摩的各書店內出現一本小說新書。書封上可見一名黑髮女子的影像。她雙眼緊閉，嘴唇微張，封面上大大寫著書名「Roseanna」一字。羅絲安娜，這是她的名字，她是一具河中女屍，剛被人從瑞典的運河汙泥中鏟起，而這部作品即將開啟犯罪推理小說的嶄新世紀。

當時，有不少過去習慣閱讀古典推理小說的年長推理迷在購書後回家一讀，大驚失色，紛紛回到書店抱怨，要求退書，理由是「這情節描述太寫實了」，讓他們飽受驚嚇。畢竟，在這之前，沒有哪部古典推理作品會以如此鉅細靡遺的冷靜文字，描述一具女性裸屍的身體特徵。然而，在此同時，這部作品俐落明快，描寫細膩，時而懸疑緊張、時而又可見詼諧的現代風格，卻在年輕世代的讀者之間廣受歡迎，大為暢銷。

這部以《羅絲安娜》為首，以社會寫實風格描述瑞典斯德哥爾摩的警探馬丁・貝克及其組員辦案過程的系列小說，便是在隨後十年連同另外九本後續之作，席捲北歐各國，熱潮繼之延燒至歐陸，進而前進英美等英語系國家的「馬丁・貝克刑事檔案」。

令人稱奇的事，如此成功的「馬丁・貝克刑事檔案」系列並非出自單一作者之手，而是一對傳奇創作搭檔的共同心血。

愛人同志，傳奇的創作組合

故事要從一九六二年說起。瑞典的新聞記者培爾・法勒，在這一年因緣際會認識了同樣從事新聞撰稿工作的麥伊・荷瓦兒，兩人進而相戀。荷瓦兒出身中產階級家庭，但性格非常獨立且獨特，年輕時常與藝術工作者往來，曾有過幾段短暫的婚姻關係，她在二十七歲認識法勒時，已育有一個女兒。曾在西班牙內戰時期遭法朗哥政權驅逐出境，因而返回瑞典的法勒較荷瓦兒年長九歲，已婚，同樣也有一個女兒，而且他在兩人相識時，已是頗富聲望的政治新聞記者。

兩人最初是在斯德哥爾摩一處新聞記者常聚集的地方因工作而結識，當兩人開始彼此產生感情，便刻意避開其他同業，改到其他地方相會。法勒當時在新聞工作外亦受託創作，每晚都會在兩人飲酒相聚的酒吧附近的旅館內寫作。相處一年後，法勒離開妻子，轉而與荷瓦兒同居。之後陸續有了兩個孩子，但兩人始終沒有進入婚姻關係。

荷瓦兒與法勒在共同創作初期，便打算寫出十本犯罪故事，而且，也只寫十本。這十部作品每本皆為三十章，都是由兩人各寫一章、以接龍方式合力創作而成；只不過，讀者很難從文字判斷各章分別出自誰的手筆。因為法勒與荷瓦兒在創作之初，就刻意不設定偏向哪一方的筆法，而是討論出最適合讀者及作品的行文風格，傾向能雅俗共賞——馬丁．貝克的形象於焉誕生。

疲憊警察，馬丁．貝克形象的誕生

有別於過往古典推理作品中，那些邏輯推演能力一流，幾乎全知全能的「神探」與「英雄」形象，荷瓦兒與法勒筆下這個警察辦案系列小說雖是以馬丁．貝克為名，但當中並沒有突顯誰是主角或英雄。這是一組平凡的警察小組成員，憑藉實地追查線索，有時甚至是靠著機運，才能偵破案件的故事。

這些警察一如所有上班族，各自有其獨特個性和煩惱——寡言、疲憊、婚姻失和、嗜好是組模型船，又有胃潰瘍問題的馬丁．貝克；身形高胖卻身手矯健，為人詼諧，擅長分析，有時又顯魯莽的柯柏（Lennart Kollberg）；愛抽菸斗、準時下班、每天要睡滿八小時、記憶力驚人的米蘭德（Fredrik Melander），以及出身上流階層，卻自願投入警職，個性古怪挑剔，永遠要穿上高級西裝的剛瓦德・拉森（Gunvald Larsson，第三集開始出現），和最不顯眼、任勞任怨至任命，原住民身分的隆恩（Einar Rönn），當然還有其他在故事中穿針引線的甘草人物角色。若是以交響樂團比喻這個辦案團隊，馬丁・貝克絕非站在高台上的指揮家，他更像是第一小提琴手，與其他樂手共同合奏出十首描述人性與黑暗的樂章。

荷瓦兒與法勒塑造的這種具有七情六慾、會為生活瑣事煩惱的凡人警探形象，在當年的推理小說世界實屬創新之舉，現代讀者或許早已習慣目前大眾影視或娛樂文化當中的警察形象，殊不知，這些角色的原型其實正脫胎自荷瓦兒與法勒在六〇年代創造出的這位寡言而平凡的北歐警探。

馬丁・貝克系列故事之所以廣受讀者喜愛，不僅在於這些故事背景就在日常當中，就在斯德哥爾摩實際存在的街路上、公園裡，與讀者生活的時空相疊合，而且讀者隨著角色之間的互動和對話，更是能逐漸清晰建構出這些人物的性格及形貌的具體想像，就像真實生活中認識的朋友。隨著每本劇情獨立、但又巧妙彼此牽繫的故事演進，讀者在這段時間軸中，也將見證到他們的個性變化和聚散離合，甚至，突如其來的死別。

長銷半世紀的犯罪推理經典

從一九六五年到一九七五年，荷瓦兒與法勒兩人在這短暫的十年間，以一年一本的速度，完成了馬丁．貝克刑事檔案全系列——《羅絲安娜》，《蒸發的男人》，《陽台上的男子》，《大笑的警察》，《失蹤的消防車》，《薩伏大飯店》，《壞胚子》，《上鎖的房間》，《弒警犯》，以及最終作《恐怖份子》。

故事背景的六〇、七〇年代還沒有網路，沒有手機，沒有ＤＮＡ鑑識技術，而且人人都在抽菸，隨時隨地；雖然這些細節設定如今看來略有懷舊時代感，但系列各作探討的問題卻是歷久彌新，沒有隔閡，你甚至會拍案驚嘆：「這些社會案件和問題現今依然存在，當前警察組織面對的各種犯罪和無力感也毫無不同。」

荷瓦兒及法勒在當年同為社會主義者，潛伏在這十個刑事探案故事底下的，是他們對於資本主義社會和龐大的國家機器的批判。他們看到了當時瑞典這個福利國美好表象底下的真實面貌。故事裡一樁樁的刑事案件，其實是他們對社會忽視底層弱勢的控訴，以及對投機政客的勾結貪枉，警界管理層的權力慾和顢頇導致基層員警處境艱困和社會犯罪問題惡化的喝斥。

然而，在荷瓦兒與法勒筆下的馬丁．貝克世界裡，在正義執法與心懷悲憫之間，人世沒有全然的善，也沒有絕對的惡。這些故事裡的行凶者往往也是犧牲者，只是形式不同。他們因為精神狀態、經濟能力、社會制度等種種原因，淪為遭到社會剝削、被大眾漠視的無助邊緣人，而他們的犯案動機有時甚至可能只是對體制和壓迫的無奈反撲。因此，馬丁・貝克和其警隊成員在辦案執法的同時，往往也流露出對於底層人物的悲憐，不論他／她是被害者抑或加害者，而每件刑案也是難以二分的灰色地帶。

短暫而光燦的組合，埋下北歐犯罪小說風靡全球風潮的種籽

一九七五年，法勒因胰臟問題病逝，他在先前已預感自己大限將至，於是將此生對於社會關懷的炙熱理念，盡數灌注在最終作《恐怖份子》當中，得年四十九。從一九六二年初識，第一本《羅絲安娜》在一九六五年出版，到最終作《恐怖份子》在一九七五年推出，這對獨特的創作搭檔在這十三年裡的無間合作，為後世留下了一系列堪稱經典的推理之作。

當年，這股馬丁・貝克熱潮一路從瑞典、芬蘭、挪威等北歐各國開始，繼而延燒至歐陸德國，而後進入美國等英語世界國家，不僅大量改編為電影、影集、廣播劇等形式，書中以社會寫實情節為本的創作風格，更是滋養了《龍紋身的女孩》史迪格・拉森（Stieg Larsson），賀寧・

曼凱爾（Henning Mankell），以及尤・奈思博（Jo Nesbo）等眾多後繼的北歐新一代犯罪小說創作者，為北歐犯罪小說在二十一世紀初橫掃全球、蔚為文化現象的風潮埋下種籽，預先鋪拓出了一條坦途。

同樣的，在亞洲，日本角川出版社從一九七五年起，也以英譯本進行日譯工作，推出馬丁・貝克探案全系列作品，並在二〇一三年陸續再由瑞典原文直譯各作，讓新一代的讀者得以更貼近這部傳奇推理經典的原貌。值得一提的是，常透過小說關注日本社會及時事問題的直木賞及日本推理大賞得主佐佐木讓，於二〇〇四年更是以《笑う警官》一書，向荷瓦兒與法勒筆下創造出來的這位北歐探長致敬，而這部作品也分別在二〇〇九及二〇一三年改編為同名電影及劇集，廣受稱道。

儘管這段合作關係已因法勒辭世而告終，但馬丁・貝克警探堅毅、寡言的形象，早已永遠存活在每個讀者的想像當中，以及藏身在每個後續致敬之作和影劇中的警探角色背後。一九七一年成立的瑞典犯罪作家學院（Svenska Deckarakademin），更是以這個書中角色為名，設立「馬丁・貝克獎」，每年表彰全世界以瑞典文創作，或是有瑞典文譯本的犯罪、推理類型傑出之作。

且讓我們開始走進斯德哥爾摩這座城市，加入馬丁・貝克探長和其組員的刑事檔案世界。

導讀

從可能牽涉陰謀的國際事件開始，以人性收結

——關於《蒸發的男人》

二〇〇八年，《龍紋身的女孩》英譯本出版，全球書市掀起「北歐推理」熱潮。許多提及「北歐推理」的簡單介紹常有類似這樣的句子；這句子本身沒什麼問題，但容易讓人誤以為《龍紋身的女孩》是第一本受到全世界讀者歡迎的小說。事實上，在作者史迪格．拉森過世後爆紅的《龍紋身的女孩》，的確提高了全球讀者對「北歐推理」的關注，但在這本瑞典小說出版前幾年，挪威的尤．奈斯博已經成功打進全球市場，二十世紀九〇年代末期，瑞典的賀寧．曼凱爾也已舉世聞名。這串名單繼續往過去回溯，可以推到半個世紀前的六〇年代——《羅絲安娜》一九六五年在瑞典出版，兩年後就推出了英譯本，引發閱讀熱潮。

《羅絲安娜》是「馬丁．貝克」系列的第一本書。這系列是讓全球讀者認識「北歐推理」的先驅。

以區域劃分的推理小說類型，指的大多是作者的國籍或創作語種隸屬該區；是故，「北歐推理」大致上是來自以斯堪地那維亞半島為主的北歐五國作者作品，故事發生的地點並不在此限。不過，從另一個角度來看，單以創作者的國籍語種分類，不見得能夠完全表現區域推理的真正特色，因為區域推理的真正特色，其實是國籍語種背後的文化脈絡，以及作者在創作裡對自身社會背景做出的折射。

《蒸發的男人》是個很好的例子。

一九六六年初版，一九六九年推出英譯本，《蒸發的男人》是「馬丁・貝克」系列的第二個故事，描述警探主角馬丁・貝克受官方委託，前往匈牙利調查一名瑞典記者失蹤的案件。瑞典是君主立憲的內閣制民主國家，在二十世紀的兩次世界大戰中均保持中立，並且在二次大戰後朝「福利國家」方向努力，追求人權及平等；而匈牙利在二次大戰結束之後的四十幾年當中，是個由共產黨統治的共黨國家。故事發生的六〇年代末期，美國與蘇聯兩大強權已經進入冷戰時期，雖然瑞典當時並未向任何陣營靠攏，但匈牙利政權與蘇聯牽連甚深；一個自由社會的記者在所謂的「鐵幕」國家中失蹤，絕對是可能牽動強權陣營敏感神經的國際事件。

因此，《蒸發的男人》伊始，帶著一種間諜小說的氛圍。

馬丁・貝克不明究理地接到委託，到匈牙利首都布達佩斯調查失蹤案件。馬丁・貝克不具備外交人員身分，也沒有間諜技能，官方派他出勤的原因，明顯是不想貿然把事情鬧大；但在沒有足夠資源的情況下，馬丁．貝克的調查進展有限，倒是當地警方很快便注意到他以及他的真正來意。

《蒸發的男人》前三分之二左右，主線雖是馬丁．貝克的調查經過，但真正呈現的是對共黨國家的想像及觀察。

匈牙利是古老帝國的一部分，在共黨統治時期，馬丁．貝克發現某些已然滲入生活的歷史文化並未因而消逝；共黨國家警務機構的權力高漲，布達佩斯警方提供的協助看起來一方面像是對馬丁．貝克的監視，另一方面似乎也對失蹤事件的內裡欲蓋彌彰。派遣體育選手參加國際賽事，一直是共黨國家自我宣傳的方式之一，選手有機會因出國比賽而接觸自由國家人士；因此，故事裡一個曾為國家體育選手的角色，自然成為馬丁．貝克注意的焦點。但在調查過程當中，馬丁．貝克察覺自己的某些誤判，而在遭遇攻擊之後，馬丁．貝克發現自己對整起事件的預設立場並不正確——記者在冷戰時期的共黨國家失蹤，便理所當然地懷疑事件背後牽扯某種陰謀，但這樣的想法可能捨本逐末，事件的關鍵可能更加私人。

對共黨國家沒有太多批判，與這系列的創作原旨及作者信仰有關。

「馬丁．貝克」系列由麥伊．荷瓦兒與培爾．法勒合寫，兩人都是社會主義信徒，創作這系列小說的用意，是想指出瑞典社會的弊病。因此，讓馬丁・貝克進入鐵幕，並不是為了描寫共黨國家集權制度下的種種生活情況，而是要藉由失蹤事件及馬丁・貝克的行動，帶領讀者「實際」觀察共黨國家的日常樣貌，同時揭露，瑞典對共黨國家的偏頗印象，可能會造成自己的問題——失蹤記者的確涉入某項犯罪活動，而倘若沒有上述偏頗印象，該項犯罪活動可能就無法成立。馬丁・貝克想通此事之後，《蒸發的男人》劇情在最後三分之一急轉直下，在結局之前找出意料之外但合情合理的真相。

如此描述，似乎暗示《蒸發的男人》只有後半節奏明快；事實上，這個故事全書易讀。拉森或奈斯博偏好大篇幅多字數、時常出現超過兩條以上故事線交錯進行的敘事方式，而荷瓦兒與法勒合寫的「馬丁・貝克」系列相較之下用字十分儉省，篇幅也相當節制；《蒸發的男人》描述輕鬆寫意，就連案情似乎陷入膠著的情節，讀起來仍然流暢，不會出現令人不耐的停滯。主線集中在馬丁・貝克身上，表層用意是讓讀者能夠專注跟隨馬丁・貝克體驗共黨國家的生活樣態，裡層用意是聚焦作者們包裹在情節當中的主題；馬丁・貝克與委任官員和警局同僚的對話，有時昭顯行政官僚的問題，有時出現日常職場令人發噱的趣味。

最後，案件的癥結仍是人性。

好的小說關注人性，好的推理小說亦然。進行犯罪、連結成社會、建立政治宗教等等制度並依此互相懷疑攻詰的，全都是人。《蒸發的男人》先著眼制度不同的他國，以映照出自身國家的缺漏，最終以人性收結犯罪，正是優秀推理小說的具體表現。

●臥斧

文字工作者。雄性。唸醫學工程但是在出版相關行業打滾。想做的事情很多。能睡覺的時間很少。工作時數很長。錢包很薄。覺得書店唱片行電影院很可怕。隻身犯險的次數很頻繁。出版：《塞滿鑰匙的空房間》、《雨狗空間》、《馬戲團離鎮》、《舌行家族》、《沒人知道我走了》、《硬漢有時軟軟的》、《抵達夢土通知我》、《FIX》、《螞蟻上樹》等書。喜歡說故事。討厭自我介紹。

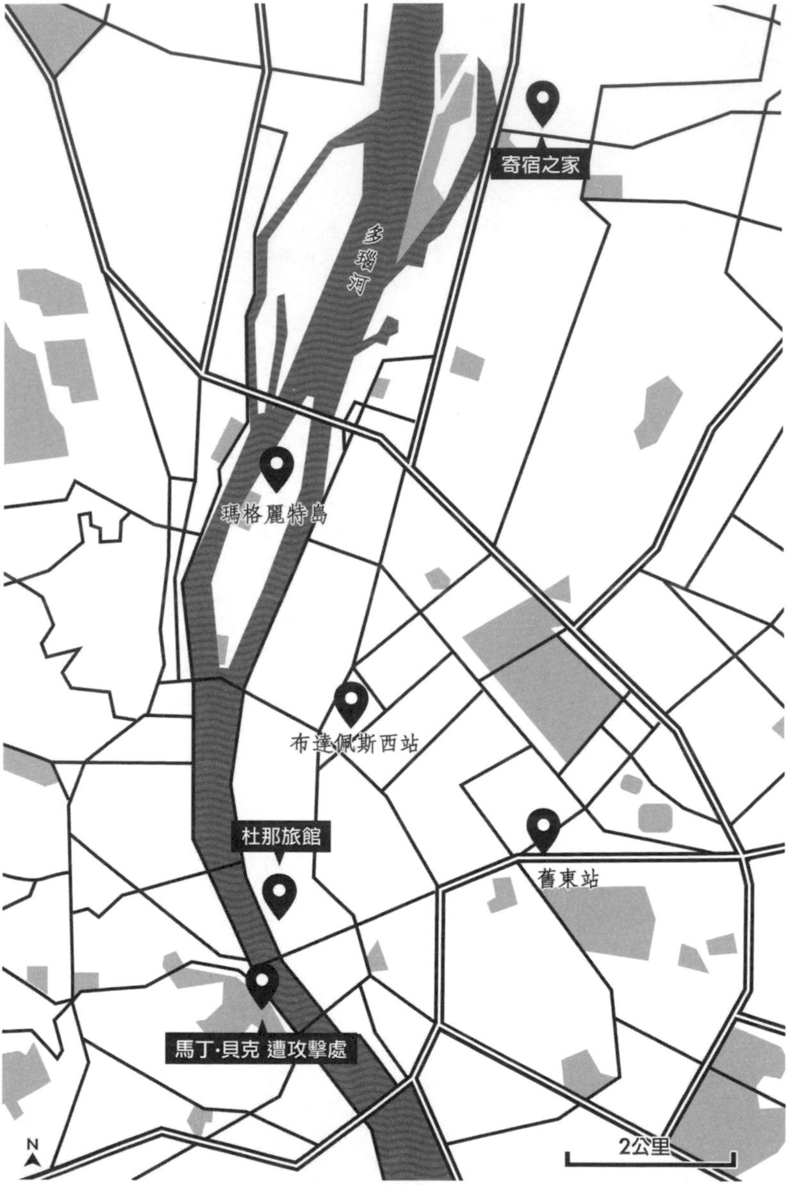

布達佩斯城區圖

1.

這房間狹小又破舊。往沒有窗簾的窗戶外邊望去，可見到一堵灰色的防火牆，幾個生銹的電樞，和褪了色的人造奶油廣告。窗戶左半邊的玻璃已不見蹤影，一塊胡亂切割的紙板取而代之。斑駁的壁紙原是花卉圖案，已被煤煙和牆壁滲出的濕氣弄得難辨花色，有幾處還用包裝紙加膠帶修補過。

房裡有一座暖爐、六件家具和一幅畫。爐前有個裝著灰燼的紙箱，和一只凹陷的鋁質咖啡壺。床尾對著暖爐，床上寢具包括厚厚一疊的舊報紙，一條破爛的拼布毯子，和一顆條紋花色的枕頭。畫裡是個倚著大理石欄而立的金髮裸女，圖就掛在火爐右邊，好讓躺在床上的人睡前醒後一睜眼就能得見。女郎的乳頭和私處顯然經人用鉛筆加大過。

房間另一端，緊靠著窗戶擺著一張圓桌和兩把木椅，其中一把沒了椅背。桌上有三個苦艾酒空瓶，一個飲料罐和兩只咖啡杯，一個翻過來的菸灰缸，幾塊髒污的糖，一把掰開的摺疊小刀和一片香腸，這些東西散亂地堆在菸蒂、瓶蓋和用過的火柴棒之間。地上有摔破的第三只咖啡杯。

在床和桌子之間是一具屍體，面部朝下，趴在磨損的亞麻地板上。

死者為男性。他很有可能就是那個在畫作上加工、並用包裝紙和膠帶修補壁紙的人。他兩腿併攏，手肘緊貼肋骨，雙手抱頭，看似在努力保護自己；他身穿羊毛背心，褲腳邊緣已磨破，腳上套著破舊的羊毛襪。一座倒下來的餐具櫃遮住了他的頭和半個上半身。第三把木椅丟在屍體旁，椅座上沾有血跡，椅背上的手印清晰可見。地上到處是碎玻璃，有些來自餐具櫃的玻璃門，有些則來自半破的酒瓶。酒瓶另一半就丟在牆邊骯髒的內衣堆上，瓶上覆著薄薄一層乾涸血跡。這些全被人畫了白圈圈住。

以這類型的照片來說，這張照片幾近完美。警方是用局裡的頂級廣角鏡頭拍攝，又打了燈光，各個細節鉅細靡遺，清楚得像是鑿刻出來的。

馬丁．貝克放下照片和放大鏡，起身走向窗邊。窗外是瑞典的炎炎盛夏。兩個女孩穿著比基尼，躺在克里斯丁堡公園的草地上，四肢大張地做著日光浴。她們年輕又纖瘦，也就是大家說的「苗條」。他仔細一看，認出那竟是自家部門裡的辦公小姐。原來這時已過正午。她們早上在裡邊穿好比基尼，外頭套件棉布洋裝和涼鞋就來上班；午休時，洋裝一脫，就能出去在公園裡躺著。真方便。

想到不久後就得放下這些，搬到位在喧鬧的瓦斯貝加道的南區總局上班，他就覺得沮喪。

他聽到背後有人猛然推門進來。不必回頭也知道是史丹斯壯。史丹斯壯還是局裡最年輕的小老弟，馬丁・貝克心想，很有可能所有年輕一代的後輩警探都是不敲門的。

「進展如何？」他問道。

「不太妙，」史丹斯壯說，「我十五分鐘前在場那時，他還是抵死不承認。」

馬丁・貝克轉身回到桌前，再次審視那張犯罪現場的照片。在那疊舊報紙床墊、拼布破毯和條紋枕頭上方的天花板上，有一塊狀似海馬的水漬舊痕。說好聽些，也有點像美人魚。他懷疑地上那男子是否曾有這般想像力。

「沒關係，」史丹斯壯多嘴地說，「我們用技術證據辦他。」

馬丁・貝克沒說話。回頭指著史丹斯壯放在他桌上的厚厚一疊報告說：「這是什麼？」

「桑必柏的問訊記錄。」

「把這鬼東西拿走，本人明天開始休假。拿給柯柏好了，隨你喜歡給誰都可以。」

馬丁・貝克拿了相片走上樓梯，開門進入柯柏和米蘭德的辦公室。

這裡比他的辦公室熱得多，也許是因為窗戶和窗簾都關上之故。柯柏和嫌犯隔著桌子面對面靜靜坐著；身材高大的米蘭德則口叼菸斗，雙臂交疊站在窗前，盯著嫌犯。門邊的椅子上坐著一個穿著制服警褲和淺藍色襯衫的警察。他把帽子頂在右膝蓋上。沒人說話，房裡僅有錄音機的轉輪在動著。馬丁・貝克二話不說地坐到一邊，在柯柏稍後方，耳裡還聽得見有黃蜂在窗簾後方窗上的彈跳聲。柯柏脫了外套，也解開襯衫釦子，即使如此，汗水仍沁濕了他肩胛骨間的襯衫，沿著他的脊背一路往下，逐漸變形、漫開。

對桌坐著一個衣著邋遢，髮毛漸稀的瘦小男人。緊握椅子扶把的一雙手顯然疏於照顧，啃過的指甲骯髒不堪。他削瘦的臉上露出病容，嘴角虛弱的皺紋時隱時現，下巴微微抖著，迷濛雙眼好似泛出水光。他頭一低背一拱，雙頰落下兩滴淚。

「嗯，」柯柏臉色陰沉地說，「那麼，你用瓶子打他的頭，直到瓶子破了？」

男人點頭。

「然後他躺在地上，你繼續用椅子敲他的頭。幾次？」

「不知道。不多，總有好幾次吧。」

「想也知道。接著你把餐具櫃推倒在他身上，人就逃了。那麼，在場的第三人這段時間都在做什麼？那個叫雷納・拉森的？他也不管管——我是說，阻止你？」

「沒有，他什麼也沒做，只是隨便我搞。」

「不要再撒謊了。」

「他喝茫了，在睡覺。」

「講大聲點行不行？」

「他躺在床上睡覺，什麼也不知道。」

「什麼也不知道，直到睡醒才去報警。好，目前為止算是弄清楚了。但是有一點我實在想不通。事情怎麼會搞成這樣？你們兩人在酒吧碰上之前，不是互不相識嗎？」

「他罵我是該死的納粹。」

「有哪個警察不是每個禮拜都會被人罵個幾次是該死的納粹？我就被一堆人罵過是納粹、蓋世太保或是更爛的，但我可沒有因此殺人。」

「他坐在那裡一直罵個不停：該死的納粹、該死的納粹、該死的納粹……他一直罵，甚至還用唱的。」

「唱的？」

「對，拿希特勒來挑釁，刺激我。」

「嗯。那麼，你是說過什麼，他才這樣罵你？」

「之前我跟他說過，我老媽是德國人。」

「你們開始喝酒之前？」

「是的，而且他說什麼樣的老媽都無所謂。」

「所以當他要走進廚房時，你就抓了瓶子，往他後腦上砸？」

「對。」

「他有倒地嗎？」

「跪倒下去，而且開始流血。然後他說：『你這個該死的納粹兔崽子，我不會放過你的。』」

「所以你就繼續砸？」

「我那時……很害怕。他比我壯，而且……你不了解那種感覺……所有東西全變成紅色，一直轉一直轉……我根本不知道自己在做什麼。」

這男人的肩膀劇烈地抖動著。

「夠了，」柯柏隨手關上錄音機，「給他吃點東西，問醫生能不能給他鎮定劑。」門邊的警員起身戴上帽子，鬆鬆地抓著嫌犯的手臂，將人帶了出去。

「今天到此為止。明天見。」

柯柏心不在焉地說著，同時機械式地在面前公文上寫著「流淚認罪」。

「真是個問題人物。」他說。

「五次定罪的暴力前科，」米蘭德說，「雖然他每次都否認。我對他可是印象深刻。」

「資料卡上也這麼說。」柯柏接著說。

他心情沉重地站起身，一眼看見馬丁．貝克。

「你還在這裡幹什麼？」他說。「快去休你的假，這些下三濫的罪犯讓我們處理就好。對了，你要去哪裡休假？去島上度假嗎？」

馬丁．貝克點點頭。

「選得好，」柯柏說，「我休假時先去羅馬尼亞，在馬麥亞被曬得半死，回到家又熱得要命。太棒了。那裡連電話也沒有吧？」

「沒有。」

「好極了。不過我現在得去沖個澡，你就快溜吧。」

馬丁．貝克想了一下。這個建議很不賴，好處之一就是他能提早一天離開。他聳了聳肩。

「那我走了。再見，各位，一個月後見。」

2.

多數人的假期此時已經結束，斯德哥爾摩仲夏八月的街道上，開始充斥從七月雨季的帳蓬、活動房車，和鄉間小屋歸來的人群。地鐵在過去幾天也開始擁擠起來；不過，現在是平日中午，馬丁．貝克獨自坐在幾乎空無一人的車內。他望著車外蒙上灰的一片綠景，暗自慶幸期待許久的假期終於到來。

他的家人已經在斯德哥爾摩外的海上島群待了一個月。今年夏天，他們幸運地向妻子的遠親租到一棟度假別墅，就單獨坐落在島群中部的某座小島上。這位親戚出國了，他們可以一直待到小孩開學為止。

馬丁．貝克回到他空無一人的家，直接走進廚房，從冰箱拿出啤酒。他站在水槽旁先灌了幾口，然後拿進臥房。他脫下衣服，光著上身走到陽台，只穿了件短褲。他在陽光下坐了一會兒，腳翹在欄杆上。外頭簡直熱得讓人受不了，他一喝完啤酒，就起身走回涼爽的屋內。

他看了看錶，兩小時後渡輪就要開了。他休假的小島位於島群某個少數仍用老式汽船接駁的地區。馬丁・貝克心想，這可說是今夏休假地最大的優點了。

他走進廚房，把空瓶放到食物櫃底層。櫃裡所有可能會腐壞的食物都已事先清空，但他為了安全起見，關上櫃門前又再檢查了一遍，看看是否有遺漏什麼。然後他拔掉冰箱插頭，將製冰盒放進水槽，四處看過後才關上廚房門，回到臥室打包。

他自己的私人用品大部分已經在上次度周末時帶到小島上了。不過，他太太倒是給了一張她和孩子的物品清單，要他帶去。等所有東西都打包好時，已經是滿滿兩大包。由於還得去超市帶一箱食物，他決定搭計程車去坐船。

船上空位很多。馬丁・貝克放下行李後，走到甲板上坐下來。

市區上空浮動著熱氣，但城市本身卻近乎死寂。卡爾十二世廣場上的綠葉不再青翠，格蘭大飯店前的一面面旗子也垂頭喪氣。馬丁・貝克看著錶，不耐地等著下頭的船工收好跳板。

一感覺到引擎的震動，馬丁・貝克就起身走向船尾。渡船退離碼頭，他探出欄杆，望著螺槳把水打出一片綠白色泡沫。汽笛聲響起，聲音粗糙，輪身抖動著，開始轉往鹽湖方向。馬丁・貝克站在欄杆旁，將臉迎向涼爽的海風。這一瞬間，他忘了所有的煩惱，彷彿又回到孩提時代那夏日假期的第一天。

他在船上餐廳吃了飯，而後又回到甲板上。渡輪在抵達他要上岸的碼頭之前，先經過他要去休假的小島。他看到那間別墅，幾張顏色鮮豔的涼椅，和在岸上的妻子。她蹲在水邊，大概是在洗馬鈴薯。她起身對著船揮手，但午後陽光照著她的眼睛，他不確定她真能在這麼遠的距離之外看見他。

孩子們坐著划艇來迎接他。馬丁・貝克喜歡划船，儘管兒子抗議連連，他還是搶了槳，將小艇划過碼頭和小島之間的海灣。他的女兒英格麗再過幾天就滿十五歲了，但家人都叫她寶貝；她坐在船尾，敘述著穀倉舞會的種種。洛夫，今年十三歲，討厭女孩子，談的則是他抓到的一條梭子魚。馬丁・貝克心不在焉地聽著，沉醉在划船的樂趣中。

他脫下外出服後，先到岩石旁游了一會兒，才換穿藍長褲和毛線衣。晚餐後，他在屋外和妻子坐著聊了一會兒，看著夕陽落入平滑如鏡的海灣那端的島嶼後方。和兒子一起布下一些漁網之後，他早早上床睡覺。

這是他許久以來第一次一躺下就這麼睡沉了。

醒來時，太陽還沒升起。他步出屋外，坐在石頭上，草上還沾著露珠。看來今天會跟昨天一樣是好天氣，但此時日光暖意未現，穿著睡衣的他覺得有點冷。過了一會兒，他進屋拿了杯咖啡，在露台上坐下。七點時，他換好衣服，叫醒不太情願起床的兒子。他們一起划船去收網，但漁網裡什麼也沒有，只有一大片海草和水生植物。回來時，另外兩個人已經起床，早餐也擺在桌子上了。

早餐後，馬丁·貝克到庫房去把漁網掛起來清理。這工作令他十分不耐，決定以後要把為家人捕魚的工作交給兒子負責。

就在快清好漁網時，他聽到背後傳來馬達聲響。一艘小漁船正繞過岬尖，朝他直直開來。他立刻認出船上的人。奈格仁是鄰島一個小船場的老闆，也是離他們最近的鄰居；由於貝克家的島上沒有飲用水，他也會供水給他們。而且，奈格仁有電話。

奈格仁關掉馬達，大聲叫道：

「有你的電話，他們要你盡快回電。我把號碼記在電話旁的一張紙上。」

「對方有沒有說他是誰？」馬丁·貝克問道，雖然他心裡其實早已有數。

「那個我也寫下來了。我現在得去石卡港一趟，愛莎在草莓園裡，不過廚房門開著。」

奈格仁重新發動馬達，站在船尾，往海灣開去。繞過岬尖消失之前，他揮手道別。

馬丁·貝克望著他半晌後，才到碼頭鬆開小艇，划向奈格仁的船屋。他邊划邊想：「媽的，去他媽的柯柏，竟然在我就快忘了他的時候出現。」

便條紙就在奈格仁家廚房牆上的電話下方，上面寫著幾乎難以辨識的字：

哈瑪　54 10 60

馬丁．貝克撥了號碼。等待撥接之際，他才真正開始冒出警覺。

「我是哈瑪。」

「出了什麼事？」

「實在抱歉，馬丁，但我必須將你盡快召回。你沒休完的假期可能得報銷——呃，我是說，延期。」

哈瑪沉默了幾秒，接著說：「如果你願意的話。」

「沒休完的假？我連一天都還沒休到呢。」

「實在抱歉，馬丁。要不是情非得已，我也不會開口。你能否今天就進局裡？」

「今天？到底發生什麼事？」

「今天能到最好。事情很嚴重，詳情等你回來再談。」

「有一班渡輪一小時後開船，」馬丁．貝克說，他望向蠅污點點的窗子外，那兒是一片陽光燦爛的海灣。「嚴重到什麼程度？柯柏或米蘭德難道不能——」

「沒辦法，這非你不可。看來，有人失蹤了。」

3.

馬丁．貝克在十二點五十分推門走進他上司的辦公室，前後共休了剛好二十四小時的假。

哈瑪探長的塊頭魁梧，灰髮濃密，脖子粗短。他穩穩地坐在旋轉椅上，手肘擱在桌上，正全神貫注在惡毒傳言所謂「他最愛做的事」上──也就是什麼都不做。

「哦，你到了。」他挖苦地說。「時間剛好。你半個小時後得去ＦＯ一趟。」

「外交部嗎？」

「沒錯。去見這個人。」

哈瑪的姆指和食指捏著名片一角，好像那張名片是一片爬著毛毛蟲的生菜葉。馬丁．貝克看了一眼，上頭的名字他從沒聽過。

「層級頗高，」哈瑪說，「自認與部長關係良好。」他頓了一下，「這名字我也沒聽過。」

哈瑪今年五十九歲，打從一九二七年就擔任警職至今。他不喜歡政客。

「你看起來沒我預料中那麼不爽嘛。」哈瑪說。

馬丁・貝克一時之間不知如何回答。他想，自己是搞不清狀況，所以氣不起來吧。

「到底是怎麼回事？」

「見過這個蛋頭之後再說吧。」

「你說有人失蹤了。」

哈瑪煩躁地望著窗外，好一會兒才聳聳肩說：「這整件事實在真夠蠢。老實說，我受到……呃，指示，要求在你到FO之前，不可透露所謂『進一步的消息』。」

「連你也開始聽命於他們了？」

「你知道，牽涉到好幾個部門。」哈瑪心不在焉地說。

他神色恍惚地望著外頭的夏日綠葉。「打從我在這裡工作開始，來來去去的部長不知有多少。他們絕大多數人對警察的了解，就跟我對橘殼蝨的了解沒兩樣。總之，這是既存的事實。回頭見。」他突然說。

「再見。」馬丁・貝克答道。

馬丁・貝克走到門口時，哈瑪回過神來說：「馬丁——」

「是。」

「至少有一件事我能告訴你。你若是不想接這個案子，就不必勉強。」

與部長關係良好的那個人，身形高大削瘦，一頭紅髮。他水汪汪的藍眼盯著馬丁·貝克，動作迅速、誇張地起身繞過書桌，伸出手臂。

「太好了，」他說，「你能來真是太好了。」

他十分熱情地握了手，馬丁·貝克什麼話也沒說。

此人坐回他的旋轉椅，抓起冷掉的菸斗，口中如馬齒的大黃牙叼著菸管。他往後一靠，大姆指往菸筒裡壓了壓，燃起火柴，打量的眼光透過菸霧冷冷地盯著他看。

「我就不說客套話了，」他說，「話題嚴肅時我一向如此，單刀直入。接下來似乎就容易多了。我叫馬丁。」

「我也是。」馬丁·貝克板著臉說。

他過了一會兒接道：「真不幸，這也許會讓情況複雜化。」

那個人似乎一時會意不過來。他警覺地看著馬丁·貝克，像是感覺到什麼陰謀，然後放聲大笑。

「當然。真好笑，哈，哈，哈。」

但他一下子就止住笑聲，隨即俯身靠向對講機，神經質地按下按鈕，喃喃地說：「是啊，是啊，真是好笑得要命。」

那語調中不帶絲毫幽默感。

「請給我阿爾夫・麥森的卷宗。」他大聲說道。

一個中年女人拿著一份卷宗進來，放在他面前的桌上。他甚至連看也不屑看她一眼。當她關上門離開後，他一面以那冰冷無情的金魚眼盯著馬丁・貝克，一面緩緩打開卷宗。當中只有一張紙，上面覆滿鉛筆寫的筆記。

「案情真是相當複雜棘手。」他說。

「哦，」馬丁・貝克問道，「怎麼說？」

「你聽過麥森這個名字嗎？」

馬丁・貝克搖頭。

「沒聽過？事實上，他是相當有名的新聞記者，主要是給週刊還有電視寫稿，文筆很不錯。你看看。」

他打開抽屜翻找一陣，再翻另一個抽屜，最後舉起他的辦案登記簿，找到了他翻尋的東西。

「我最受不了邋遢。」男子朝大門的方向投出一個厭惡的眼光。

馬丁．貝克細看了那個東西，原來是一張索引卡，上頭以打字機整齊地打出一個名叫阿爾夫．麥森的人的資料。此人的樣貌的確就像個記者，受雇於某大週刊。馬丁．貝克自己從來不看這份週刊，不過卻曾焦慮不安地見過他的孩子拿在手上。卡上還說，阿爾夫．席騰．麥森一九三四年生於哥登堡。卡片上還別著一張尋常的護照照片。馬丁．貝克歪著頭打量，照片中人相當年輕，留著短髭，下巴鬍鬚俐落整齊，戴著圓形鋼邊眼鏡。他的臉上毫無表情，可見照片一定是在鎮上那種自動照相亭照的。馬丁．貝克放下卡片，用詢問的眼神看著紅髮男。

「阿爾夫．麥森失蹤了。」那個人極力強調。

「哦，是嗎？而你的調查毫無結果？」

「沒有調查，也不能調查。」男子眼睛大睜，好似發狂。

馬丁．貝克起先不曉得，現在才知道，那人水汪汪的眼神是一種堅毅的表情，於是皺了一下眉頭。

「多久之前的事？」

「十天。」

這個答案沒讓他特別訝異，此人要說是十分鐘或十年，他也會無動於衷。唯一令馬丁．貝克覺得奇怪的是，自己居然坐在這裡，而不是在小島的划艇上。他看看錶，也許還來得及搭晚班的船回島上。

「十天不算久。」他淡淡地說。

另一名官員從鄰近的辦公室走過來，直接接續話題討論起來，想必他一直在門外聽著。馬丁・貝克心想，此人顯然是某種管理員。

「以這起案子來說，太久了。」這個剛加入的人說。「情況非常特殊。阿爾夫・麥森在七月二十二日飛往布達佩斯，雜誌社派他去寫某篇文章。他應該在隔週週一打電話回斯德哥爾摩辦公室，口述他每週專欄的原稿；結果，他沒打電話。重要的是，社方說阿爾夫・麥森一向準時交稿；換句話說，他從不拖稿。兩天後，辦公室打電話到據知是他下榻處的布達佩斯旅館，當時他似乎不在。他們留話給麥森，要他回來後立即連絡斯德哥爾摩辦公室。他們又再等了兩天，還是沒消息，也問過他人在斯德哥爾摩的妻子，她也沒有他的音訊。不過這也不代表什麼，因為他們倆正在辦離婚。上週六，他的編輯打來。那時他們再度聯絡過旅館，對方表示，自從上次他們打過電話後，就沒有人見過麥森，但他的行李還在房內，護照也還在櫃台。上星期一，八月一日，我們問過布達佩斯的自己人，他們也沒有麥森的消息，不過倒是派了所謂的探子去警局打探了一下，但匈牙利警方看來興趣缺缺。他們雜誌社的總編上週二來拜訪過，會面過程非常不愉快。」

那個紅髮傢伙無疑像是被搶了風頭，憤憤地咬著菸筒說：「是的，的確。非常不愉快。」

過了一會兒，他接著解釋：「這是我的祕書。」

「是的，」他的祕書說，「總之，拜訪的結果是我們昨天非正式地與警方高層聯繫上，接著你今天就來了。順便一提，很高興你能來。」

他們握了握手。馬丁．貝克還是搞不清狀況，他若有所思地摸著鼻梁。

「恐怕我還是沒懂，」他說，「為何這總編不照正常程序報案？」

「待會兒你就明白了。這個總編——事實上也是該雜誌社發行人，不想報警或要求警方正式調查，因為這麼一來，所有媒體馬上會知情。麥森是該雜誌社所屬記者，他在出國採訪時失蹤了，所以——不管對或不對——雜誌社認為這條新聞是他們的。總編看來確實像是擔心麥森的下落，但從另一個角度來說，他也算準了自己已挖到一條所謂的獨家新聞，一條或許能讓雜誌輕鬆多賣個十萬本的新聞。如果你對這家雜誌社在跑的新聞稍有涉獵，大概就能明白……好，總之，雜誌社的記者失蹤了，而且偏偏發生在匈牙利，實在糟糕。」

「是在鐵幕之內呀。」紅髮男人面色凝重地說。

「我們不會用這樣的說法。」另一個人接著說，「好，希望你對這整件事已有概念。如果這起案件被爆出來，上了新聞，就算報導尚稱持平，依然大事不妙。可是，如果這家雜誌社封鎖所有消息，然後做出偏差報導，以謀私利，那麼結果可就只有天曉得了……總之，兩國的重要關係將會嚴重受損，這關係可是我們兩個、還有其他眾人長期努力經營的成果。雜誌社總編週一到訪時，帶了一篇已寫好的文章過來，很不幸，我們先讀了。這篇文章要是刊印出來，絕對會造成災難，他們也真的打算在本期週刊上發表。我們當時是動用了所有勸說力量才把它擋了下來。總編後來給我們下了最後通牒——如果麥森沒在週末之前自動出現或找到……那可就有得好看的。」

馬丁・貝克揉著自己的後頸。

「我想，雜誌社自己有在調查吧。」他說。

那名官員心神不寧地看著他的上司。他正猛抽著菸斗。

「我覺得雜誌社在這方面不太盡力。他們的活動目前暫時停擺，除非另有消息。而且，他們對麥森的去向毫無所知。」

「這個麥森看來確實失蹤了。」馬丁・貝克說。

「是的，確實如此。真是令人擔憂。」

「但他不可能就這樣人間蒸發。」紅髮男人說。

馬丁・貝克的手肘靠在桌緣，握著拳頭，指節壓在鼻梁上。渡船、碼頭、小島，在他心中已是漸行漸遠了。

「那麼，何處需要我效勞？」他問道。

「那是我們的主意，當然，我們並不知道會是派你來。我們沒辦法調查整件案子，何況還限期十天。不管發生什麼事，譬如這個人因為某種理由避不現身，或是自殺了、出了意外，還是其他種種，都是警方管轄的範圍。我的意思是，事到如今，這工作只能交給專家來辦了。因此，我們私下與警方高層接觸。看來有人推薦你。現在，就端看你願不願意接案了。我想，既然你來了，那表示你應該能從其他勤務中抽身。」

馬丁．貝克勉強忍住笑意，兩名官員嚴厲地瞪著他，顯然認為他的行為頗不得體。

「是的，我也許能抽得開，」他心裡想著他的漁網和划艇，「但你們到底認為我能做什麼？」

官員聳聳肩。

「我想，到出事地點去吧，把人給找出來。你願意的話，明早就能出發，我們的管道已經替你全部都打點好了。你暫時領我們的薪水，但沒有正式任務。當然，我們會盡力協助；比方說，如果你願意，也可以與當地警方接觸——或是不接觸。而且我說過，你明天就能出發。」

馬丁．貝克想了一下。

「既然如此，後天吧。」

「也好。」

「我今天下午回覆。」

「別想太久。」

「一個小時後我就打電話通知。再見。」

紅髮男人迅速站起來，繞過桌子。他的左手大力拍了拍馬丁・貝克的背，右手與他握手。

「那麼，再見了。再見，馬丁。請盡力，這件事非常重要。」

「真的非常重要。」另一個人也說。

「是的，」紅髮男人說。「搞不好又是一起華倫堡事件。*」

「上頭禁止我們談論此事。」另一人疲累不堪地說。

馬丁・貝克點點頭，而後離開。

---

* 華倫堡（Raoul Gustaf Wallenberg, 1912—1945）：瑞典外交官，一九四四年七月至十二月間，為瑞典駐布達佩斯的特使，當時他為猶太人發放保護護照，進而拯救了數萬性命。蘇聯圍困布達佩斯期間，當局在一九四五年一月十七日以涉嫌從事間諜活動的名義拘留華倫堡，他從此失蹤。

4.

「你要去嗎？」哈瑪說。

「還不知道，我連他們的話都不會講。」

「局裡也沒有人會。請相信，我們都查過了。不過，跟他們說德語或英語也行。」

「案情很奇怪。」

「而且很蠢，」哈瑪說，「但我有ＦＯ那票人不知道的消息。我們有他的個人檔案。」

「阿爾夫・麥森嗎？」

「對。在第三科，祕密檔案。」

「反間諜部門？」

「正是。國安局。他們在三個月前調查了這個人。」

門上傳來一陣震耳的敲門聲，柯柏探進頭來。他訝異地瞪著馬丁・貝克。

「你在這裡做啥？」

「休假。」

「你們倆神神祕祕在搞什麼鬼？我是不是該迴避？趁沒人發現，我還是悄悄溜了好？」

「好吧。」哈瑪說，「不，別走。我討厭搞神祕。進來吧，把門關上。」

他從桌子抽屜取出一份卷宗。

「這是例行調查，」他說，「而且沒有後續動作。不過調查這起案子的人，也許會對當中某些部分感興趣。」

「你到底在賣什麼膏藥？」柯柏說。「你是不是設了一個祕密機構什麼的？」

「你要是再不安靜就離開。」馬丁・貝克說。「為什麼反間諜部門會對麥森有興趣？」

「管護照的部門有他們自己的一套怪招。比方說，他們會在阿蘭達機場記下前往需要簽證才能入境的歐洲國家的旅客名姓。某個機靈的小夥子看到後，認為麥森出入太過頻繁，到過華沙、布拉格、布達佩斯、索非亞、布加勒斯特、康士坦察、貝爾格勒。他的護照用得可凶了。」

「結果？」

「於是國安局暗中調查，例如去拜訪他工作的雜誌社。」

「雜誌社如何回應？」

「雜誌社說，有何不可？麥森的護照當然用得很凶，他可是我們雜誌社的東歐事務專家。除了一兩點之外，調查結果並無特別之處。這份垃圾文件你們自己看看。可以過來坐這兒，因為我現在要回家了。今晚要去看詹姆士．龐德的電影。再見！」

馬丁．貝克拿起卷宗開始讀，讀完第一頁後就推過去給柯柏看。柯柏用指尖捏著頁角，放在面前的桌上。馬丁．貝克向他投以詢問的眼神。

「我手汗太多，不想把這祕密文件弄髒。」

馬丁．貝克點點頭。他自己除了感冒以外從不流汗。

隨後的半個小時，他們都沒說話。

這個人檔案當中沒什麼特別引人興趣之處，但資料蒐集得非常完整。阿爾夫．麥森並非一九三四年生於哥登堡，而是一九三三年生於孟達爾。他在一九五二年開始在外省跑新聞，待過幾家日報，後來在一九五五年來到斯德哥爾摩當體育記者。他有幾次出國採訪體育新聞的紀錄，包括一九五六年的墨爾本奧運和一九六〇年的羅馬奧運。許多編輯都認為他是十分幹練的記者：「……文字洗練，下筆神速。」他在一九六一年離開日報社，跳槽到目前仍任職的那家週刊。他在過去四年逐漸將重心集中在國外報導，範圍從政治、經濟，到運動、流行歌手都有，非常廣泛。他考了大學入學考試，英語和德語十分流利，西班牙語尚可，還能講點法文和俄文。他年收入逾四萬克朗，結過兩次婚——一九五四年結第一次婚，隔年離婚，並於一九六一年再婚；育有兩子，女兒是前妻所生，兒子則是第二次婚姻所生。

調查員以令人讚賞的毅力，進行到此人較不為人稱道的地方。他有幾次忘了付女兒的撫養費，前妻形容他是「醉漢，殘忍的野獸」。附加說明的是，這個證人似乎不太可靠。不過，有幾處提及阿爾夫・麥森酗酒，其中之一是前同事說的：「人還不錯，但一喝醉就非常惡劣。」然而，只有其中一則有憑據。一九六六年一月六日晚上，他被馬爾摩的巡警帶到全民醫院急診室，因為他在一個叫賓特・雍森的男子家中作客時，與人打架時被刺傷手。警方調查了這案子，但沒起訴，因為麥森不願提告。不過，克里斯森巡警和卡凡特巡警形容麥森和雍森兩人都喝了酒，所以這案子在酗酒委員會留有案底。

他的現任頂頭上司，名叫愛力森的編輯，此人語氣相當傲慢地說，麥森是該雜誌社的「東歐專家」（也不管這等雜誌怎麼可能用得上這等人才），編輯委員會覺得沒有必要向警方透露更多他的新聞採訪活動。他們還說，麥森對東歐情勢很感興趣，也相當了解，經常自行發掘專題，有幾次還企圖心十足，不休假也不領加班費地完成他特別感興趣的任務。

文件的上一個讀者不知是誰，非常熱切地用紅筆標出這一部分。不太可能是哈瑪，哈瑪不會在別人的報告上亂畫。

由麥森撰稿的清單看來，他採訪報導的幾乎都是知名運動員、體育新聞、電影明星和娛樂界人物。

檔案裡收有幾篇這類文章。柯柏讀完後說：「非常無趣的一個人。」

「有個地方比較特別。」

「你是指他失蹤了？」

「對。」馬丁・貝克說。

一分鐘後，他打電話去外交部。柯柏很驚訝地聽見他說：「是馬丁嗎？嗨，馬丁，我是馬丁。」

馬丁・貝克聽了一會兒，臉上表情十分痛苦。接著，他說：「是的，我會去。」

5.

這幢建築既老舊，又沒電梯。麥森的名字就列在樓下入口處的房客名單最上方。馬丁・貝克爬上五層陡峭的樓梯，心跳加速，氣喘吁吁。他等了一會兒才按下門鈴。

開門的女人嬌小白皙，身穿長褲和針織棉上衣，嘴角有深刻的皺紋。馬丁・貝克猜測她大約三十來歲。

「請進。」她說著打開了門。

他聽得出來，那是一個小時前曾通過電話的聲音。

入口的門廳很寬大，除了一張靠牆、沒上漆的凳子外，沒有其他家具。一個年約兩三歲的小男孩從廚房跑出來，手上拿著吃了一半的麵包捲，直直站到馬丁面前，伸出一個黏答答的拳頭。

「嗨。」小男孩說。

接著他轉身跑進客廳，開心笑著坐上客廳裡唯一的扶手椅。女人跟過去抱起他，尖叫的男孩被帶進隔壁房間，關在裡面。她走回來，坐在沙發上，點燃一根菸。

「你要跟我談談阿爾夫，他出了什麼事嗎？」

馬丁・貝克猶豫了一下，坐進扶手椅。

「我們目前還不知道。只不過，據我所知，不管是雜誌社或你，這兩週來都沒有他的消息。你知不知道他可能在哪裡？」

「完全不知道。而且他不告訴我也不足為奇，他有四個星期不見人影了。在這之前，我有一個月沒他的消息。」

馬丁・貝克看向關上的房門。

「但是孩子呢？難道他不常……」

「我們分居後，他就不太關心他兒子，」她語帶埋怨地說，「他每個月都會寄錢過來，但那也是應該的，你說是不是？」

「他在雜誌社的薪水很好嗎？」

「是的。我不知道他實際賺多少，但他手頭總是有錢可用，而且出手毫不吝嗇。我一向不缺錢，他自己花得也不少，像是上餐館、搭計程車等等。我自己現在也有工作，多少賺點錢。」

「你離婚多久了？」

「我們還沒離，手續還沒辦好。不過他八個月前就自己找了間公寓，搬出去住了。但是，他在這之前也是常年不在家，幾乎沒什麼差別。」

「但我想，你應該熟知他的習慣吧——通常跟什麼人來往？在哪裡出入等等？」

「不怎麼記得了。坦白說，我不曉得他都在做什麼。他以前大多跟同事往來，新聞記者之類的。他們常會在一家叫塘卡的餐廳聚會，但現在我就不知道了。也許另外找了個地方。總之，那家餐廳不是搬走、就是被拆了，有嗎？」

她熄了菸，走到房門口聽了一下，然後小心地開門走進房內。過了一會兒，她走出來，小心翼翼地把門帶上。

「他睡著了。」她說。

「好乖的小孩。」馬丁・貝克說。

「的確很乖。」

他們沉默地坐了一會兒，然後她說：「阿爾夫是到布達佩斯出差，不是嗎？至少我是聽他們這麼說的。也許他不住在那裡？或是去了別的地方？」

「他常常這樣嗎？出差的時候？」

「不會。」她猶豫地說。「不，他其實不會這樣。雖然不是特別認真，酒又喝得太凶，但我們還在一起那時，他一向不會怠忽工作。他非常在意是否能準時交稿，他還住這裡那時，常為了準時交稿而熬夜。」

她看著馬丁・貝克。話談到現在，他才注意到她的眼神裡有點焦急。

「好像真的很奇怪，不是嗎？他居然跟雜誌社失聯，該不會真的出了什麼事吧。」

「你想得到他有可能發生什麼事嗎？」

她搖搖頭。

「不，完全想不出來。」

「你剛剛說他喝酒，喝得很凶嗎？」

「對……至少有時是這樣。他還住在這兒的後期，常常喝得醉醺醺回家，如果還回得來的話。」

她的嘴角再度出現憤恨的皺紋。

「但這對他的工作難道沒有影響？」

「不，沒有，總之影響不大。他開始替這家週刊工作後，常被派任特殊任務，要出國什麼的。但空檔時常常無事可做，閒得很，也不太需要進辦公室。他就是在這時候喝酒，有時會在那家餐廳一待就是好幾天。」

「明白了。」馬丁・貝克說。「能否給我幾個他常往來的朋友的名字？」

她報出三個他沒聽過的記者名字，馬丁．貝克將之寫在從貼身口袋裡找到的計程車收據上。

她看著他說：

「我還以為警察都是用黑色封面的小筆記本記資料。不過，這大概只會出現在書中和電影裡吧。」

馬丁．貝克站了起來。

「如果你有他的消息，能否行行好，打個電話給我，」她說，「可以嗎？」

「當然。」馬丁．貝克說。

在門廳裡，他問她：「你先前說他目前住在哪裡？」

「福來明路，三十四號。不過我剛才沒說。」

「你有那裡的鑰匙嗎？」

「哦，沒有。我根本沒去過。」

6.

那門上有一塊用黑墨水寫著「麥森」的厚紙板，鎖很尋常，難不倒馬丁・貝克。他知道自己逾越了權限，還是直接進了屋內。門前地墊上有幾封郵件——一些廣告單，一張署名「畢邦」、從馬德里寄來的明信片，一本英文汽車雜誌，和一張二十八點四五克朗的電費帳單。

公寓裡有兩間大房、一間廚房、門廳和廁所，沒有浴室，但有兩個大衣櫃。室內的空氣沉悶，有股霉味。

最大房間的面街，房內有一張床、床頭桌、書架、一張玻璃面矮圓桌，和一張書桌加兩張椅子。床頭桌上有部唱盤，桌下的架子上有一疊黑膠唱片。馬丁・貝克看到最上面的封套用英文寫著：「孟克藍調」。他毫無概念。書桌上有一捆打字紙、一份七月十二號的日報、一張日期標示為七月十八日的六點五克朗計程車收據、一本德文字典、一支放大鏡，和一張油印的青年俱樂部說明單。此外還有一具電話、一本電話簿和兩個菸灰缸。抽屜裡有舊雜誌、雜誌相片、收據，幾封信和明信片，以及一些手稿影本。

後面的房間，除了一張罩著褪色紅椅套的無靠背長沙發，一把椅子和一張當床頭桌用的凳子外，沒有其他家具。窗戶上沒有窗簾。

馬丁・貝克打開兩個衣櫃。其中一個櫃裡有個近乎全空的洗衣袋，架子上放有襯衫、毛線衣和內衣，有些還封著洗衣店的紙封條。另一個衣櫃裡掛著兩件粗呢上衣、一套深褐色的法蘭絨西裝、三條褲子和一件厚大衣，還有三個空衣架。衣櫃底板上擺著一雙厚重的褐色膠底鞋、一雙較薄的黑鞋、一雙靴子和塑膠鞋套。這個衣櫃上方的櫃子裡有個大手提箱，另一個衣櫃上方的櫃子則是空的。

馬丁・貝克走出房間，來到廚房。水槽裡沒有髒碗盤，但是晾乾用的架子上有兩只玻璃杯和一個馬克杯。廚櫃是空的，只有幾只空酒瓶和兩個罐頭。馬丁・貝克想到自己家那個沒必要清得乾乾淨淨的廚櫃。

他再巡視一次屋子。床是鋪好的，菸灰缸是空的，桌子抽屜裡沒有護照、錢、銀行存款簿或任何有價值的東西。總而言之，沒有跡象顯示阿爾夫・麥森兩星期前離開這裡前往布達佩斯後，曾經回來過。

馬丁・貝克離開阿爾夫・麥森的公寓，在空無一人的福來明路計程車招呼站等了一會兒，但中午時段通常等不到車，於是他改搭電車。

他走進塘卡餐廳時，時間已過下午一點。所有桌位全坐了人，忙翻了的女侍們沒過來招呼他，領班也不見人影。他走向入口大廳另一頭的吧台。這時，一個穿燈心絨布外套的胖男人收拾了桌上的紙張，從門邊角落的一張圓桌起身。馬丁．貝克於是過去坐了下來。這邊的桌子也都滿了，但有些客人正準備結帳。

他向領班點了三明治和啤酒，並問他那三位記者當中是否有人正好在場。

「墨林先生就坐在那兒，其他兩人今天還沒出現，也許晚一點會來。」

馬丁．貝克隨著領班的目光望向一張桌子，有五個人正坐著說話，面前放著大杯啤酒。

「哪一位是墨林先生？」

「有鬍子的那位。」領班說完便轉身走開。

馬丁．貝克糊塗了。他看看那五人，其中三個有鬍子。

女侍送來他的三明治和啤酒，他逮住機會問：「你知不知道，那邊哪一位是墨林先生？」

她看了看他有點無助的眼神，接著說：「最靠窗的那位。」

「當然，有鬍子的那位。」

馬丁．貝克慢條斯理地吃著三明治。那個叫墨林的男子又點了一大杯啤酒，馬丁．貝克等待著。客人開始陸續離開了。過了一會兒，墨林喝完啤酒又叫了一杯。馬丁．貝克吃完三明治，點了咖啡，繼續等。

終於，有鬍子的那男子從窗邊座位起身，走向入口處。當他經過時，馬丁・貝克開口叫道：「墨林先生？」

那人停了一下。「等一下。」他繼續往外走。

過了一會兒他轉回來，氣喘吁吁地對著馬丁・貝克說：「我們認識嗎？」

「沒有，還不認識。但也許你願意坐一下，一起喝杯啤酒，我有點事想請教。」

他自己也覺得這話說得不太像樣，聽起來就像警方在辦事。不過這確實有效。墨林坐了下來。他稀少的金髮由腦後往前額梳，鬍子有點紅，修得整整齊齊，樣貌年約三十五歲，相當胖。他揮手喚來女侍。

「我說，史蒂娜，給我來杯啤酒吧？」

女侍點點頭，望著馬丁・貝克。

「我也來一杯。」他說。

結果，這個「一杯」是比他方才吃三明治時所喝的大圓柱形杯子又大上許多的球形杯。

墨林灌了一大口，用手帕擦擦鬍子。

「嗯，」他說，「你想談什麼？宿醉嗎？」

「談談阿爾夫・麥森，」馬丁・貝克說，「你們很熟是嗎？」

聽來還是不太對勁，他改口說：「是好兄弟吧？」

「當然。他怎麼了？欠你錢嗎？」

墨林狐疑而傲慢地看著馬丁・貝克。

「我得先澄清一下，我不是討債公司派來的。」

顯然他說話得小心，而且，這人是個記者。

「不是，絕對不是。」馬丁・貝克說。

「那麼你找阿爾夫幹嘛？」

「我和阿爾夫是老朋友了。我們是同事……呃，好幾年前一起工作過。我幾個星期前偶然遇見他，他答應幫我做點事，後來人就沒了消息。他好幾次提到你，所以我想，你也許知道他在哪裡。」

馬丁・貝克被這番費力的說詞累壞了，大大地喝了一口啤酒。墨林也跟著大灌一口。

「媽的，你跟阿爾夫是老交情啊？事實上我也在納悶他人跑哪兒去了。不過，他應該還待在匈牙利吧。總之他不在城裡，不然我們會在這裡見到他。」

「匈牙利？他在那兒做什麼？」

「他工作的八卦雜誌派他去那裡出差。但他也早該回來了，他出發前說只會去個兩三天。」

「他出發前你們見過面嗎？」

「有呀，出發前一晚。我們白天在這裡，然後晚上又到其他幾個地方。」

「就你和他？」

「還有其他幾個人，記不得有誰了。印象中，培爾・孔柯維斯和史迪・蘭德都在場，我們喝得爛醉如泥。對了，亞克和琵雅也在。順便問一下，你認不認識亞克？」

馬丁・貝克想了一下，毫無頭緒。

「亞克嗎？不認識。哪個亞克？」

「亞克・葛那森呀。」

墨林說，轉身對著他剛才坐的桌位。其中兩人在他們談話當時離開了，還有兩個人正安靜坐著喝啤酒。

「他就坐在那兒，」墨林說，「留鬍子的那個就是。」

留鬍子的人走了一個，所以哪個是葛那森一目瞭然。那人看來似乎頗友善。

「不，」馬丁・貝克說，「不認識。他在哪裡工作？」

墨林說了個馬丁・貝克從沒聽過的刊物名稱，聽來像是某種汽車雜誌。

「亞克人很好。如果我沒記錯，他那晚也喝醉了。可是不管喝多少，他平常很少醉倒。」

「那晚之後你就沒再見過阿爾夫嗎？」

「你問了他媽的太多問題了，也不問問我好不好？」

「當然。你好嗎？」

「慘到他媽的不行。宿醉，而且是嚴重宿醉。」

墨林的臉色一沉。像要摧毀生活的最後一絲樂趣般，他一口灌完剩下的啤酒，拿出手帕，若有所思地擦著他沾上泡沫的鬍鬚。

「他們應該用鬍鬚專用的杯子裝啤酒，」他說，「這年頭沒什麼服務品質可言了。」

他頓了一下接著說：「沒有，自從阿爾夫出發後，我就沒再見過他。上次看到他時，他正在劇院酒吧的吧台朝一個女孩身上倒酒，隔天早上他就飛往布達佩斯了。可憐的傢伙，宿醉成那樣還坐飛機橫過半個歐洲。無論如何，希望他不是搭斯堪地那維亞航空公司的班機。」

「從那時起，你就沒有他的消息了？」

「我們出國旅行時不常通信，」墨林無禮地說，「你到底是替哪家狗屁公司做事啊？什麼阿貓阿狗公司？喂，再來一杯怎麼樣？」

在多花半小時、又灌了兩大杯啤酒，以及借給他十克朗之後，馬丁・貝克終於擺脫了墨林。

離開時，他聽到背後傳來墨林的聲音：

「費雅，老傢伙，再給我來杯啤酒怎麼樣？」

7.

他搭乘的，是捷克斯洛伐克航空公司的易利星十八型渦輪螺旋槳飛機。它以陡峭的弧形飛越哥本哈根和沙爾松，飛過在陽光下閃閃發亮的松德海峽大橋。

馬丁．貝克坐在窗邊，看見下頭的文島，和島上的貝加佛懸崖、教堂及小港灣。才看見一條拖船繞過港灣碼頭，飛機就轉向往南飛。

他喜歡旅行，但這次的出門樂趣被先前假期沒休成大大掃了興。更糟糕的是，他的妻子似乎完全不能諒解，他在這件事情上沒什麼選擇餘地。他在出發前一晚打電話試圖解釋，卻不成功。

「你一點都不關心我或孩子。」她說。

過了一會兒又說：

「除了你之外，不是還有別的警察嗎，難道每件案子都非得由你出馬不可？」

他試著讓她相信他寧可待在島上休假，但她就是不講理。而且不同的證據也顯示，她的邏輯明顯有問題。

「所以你要自己去布達佩斯玩，把孩子和我單獨丟在這個島上。」

「我不是去玩的。」

「哼。」

最後，馬丁・貝克話才說到一半，就被掛了電話。他知道她終究會氣消，卻沒再打給她。

現在，在一萬六千呎的高空上，他把座椅往後靠，點了根菸，把小島和家人等所有念頭全拋諸腦後。

在東柏林的舍訥費爾德機場轉機時，他在過境休息室喝了一罐啤酒，還注意到啤酒的牌子叫「Radeberger拉伯格」。這啤酒很好喝，但他不覺得有必要記住品牌。服務生以柏林腔的德語跟他說話，他聽不太懂，鬱悶地想著接下來該怎麼辦。

休息室入口旁邊有個籃子，裡面有幾本德文小冊子，他隨手拿起一份，好消磨等待的時間。他真的需要多多練習德文。

這本小冊子是德國記者工會印行的，內容主要在談西德最具影響力的報刊出版社——史賓格公司以及該公司老闆，埃克瑟・史賓格。它舉出幾個例子，說明該公司邪惡的法西斯政治立場，並刊出其中幾個較知名人士的言論。

當廣播叫到他的班機時，馬丁・貝克注意到，自己幾乎毫無滯礙地讀懂了小冊子的大部分內容。他把小冊子放進口袋裡登機。

一個小時之後，飛機降落在布拉格，這是馬丁．貝克一直想探訪的城市。他現在只能從高空俯瞰諸多高塔、古橋和莫爾道河，聊以慰藉；過境時間太短，沒機會讓他離開機場進入市區。

外交部那個和他同名的紅髮官員，事先已為斯德哥爾摩和布達佩斯之間不甚順暢的轉機行程道歉不已。但馬丁．貝克對這些耽擱不太介意，雖然他只能驚鴻一瞥地看看柏林和布拉格的過境休息室。

馬丁．貝克從沒到過布達佩斯。當飛機再度起飛時，他拿起紅髮男人的祕書給他的資料瀏覽。在某張談匈牙利地理的資料裡，他讀到布達佩斯有兩百萬人口。如果這個阿爾夫．麥森存心要消失在這個大都會當中，他要如何找到人？

他在腦海裡把自己所知的阿爾夫．麥森回想了一遍。所知不多，但他懷疑是否真能知道些別的。他想到柯柏的評語：「無聊透頂的一個人。」為什麼像阿爾夫．麥森這樣的人會想消失無蹤？難道說，他是自願失蹤的？還是因為女人的關係？很難想像他會為了這個原因放棄一份高薪工作——更何況還是他挺喜歡的工作。當然，他還算已婚，但他想做什麼都很自由；他有個窩，還有工作、錢和朋友。很難想像得到有什麼充分理由會令他自願放棄這一切。

馬丁．貝克拿出國安局的個人檔案副本。阿爾夫．麥森之所以成為警方關注的目標，完全是因為他到東歐各地——依紅髮男人的說法，就是「鐵幕之內」——旅行的次數太過頻繁。但此人是新聞記者，如果他偏好報導東歐，也不是什麼特別奇怪的事。而且如果他心裡有鬼，何必搞失蹤？國安局在例行調查過後，已將他的檔案束之高閣。「新的華倫堡事件」，外交部的人這麼說，是指一九四五年一位瑞典名人在布達佩斯失蹤的事件，據傳，他是「被共產黨強行架走」。

如果柯柏在場，他會說：「你們看太多詹姆士・龐德的電影了。」

馬丁・貝克收好副本，放進公事包。他望著窗外，外頭已全黑了，但是有星星，下方遠處也有村莊聚落所在的小光點，和街燈串成的光串。

也許麥森開始酗酒，置雜誌社和一切於腦後。等清醒過來後，他會一文不名，而且後悔不已，然後再度現身。但這似乎不太可能。他的確會三不五時喝喝酒，但不到那種程度，而且通常也不會怠忽自己的工作。

也許他自殺了，出了意外，跌落多瑙河溺死或是遭搶劫、被殺害。這是不是比較有可能？也不太可能。馬丁・貝克曾在哪裡讀過，布達佩斯的犯罪率是全球首都中最低的。

也許他正坐在旅館的餐廳吃飯，然後馬丁・貝克隔天就能飛回瑞典繼續休假。

機上的信號燈亮起。不准吸菸，繫上安全帶，然後用俄文再說一遍。

飛機不再滑行後，馬丁・貝克拿起公事包，經過短短的走道往機場建物走去。雖然很晚了，但夜風卻是溫暖而柔和。

唯一那件行李讓他等了很久，不過護照和通關手續很快就辦妥。他走過一間四面商店林立的寬敞休息室，來到建築物外面的台階。機場似乎離市區頗遠，除了機場地區有燈光外，其他地方都是漆黑一片。就在他佇立的當下，兩位老太太搭上了台階前迴轉車道上唯一的計程車。

過了許久才又來了另一輛。車子載著他駛過郊區和漆黑的工業區時，馬丁．貝克才意識到自己餓了。他對即將入住的旅館一無所知——只知道旅館名，以及那是阿爾夫．麥森失蹤前住過的地方。他希望那裡有東西可吃。

計程車穿過寬闊的街道，繞過大廣場，來到看似市中心的地方。四周沒有多少行人，大部分的街道空曠，也相當暗。車子沿著一條燈光明亮的大街開了一陣子，轉往較窄較暗的小路。馬丁．貝克對於自己身在市區何處毫無概念，卻一直留意著河流的位置。

計程車停在旅館燈光明亮的門口，馬丁．貝克往前探，付錢時望了紅色的計費錶一眼。車費超過一百佛林，似乎很貴。他忘了一佛林等於瑞典幣多少錢，但他認為不可能太多。

一個蓄著灰鬍、身穿綠制服，戴著有簷帽子的老人打開計程車門，提起他的行李。馬丁．貝克跟在他後頭，穿過旋轉門。入口大廳非常開闊、寬敞，接待櫃台就斜擺在大廳左邊的角落。這位晚班服務生會說英文，馬丁．貝克把護照給了他，詢問有沒有晚餐可吃。服務生指著大廳再過去一點的一道玻璃門說，餐廳營業到午夜，然後把房間鑰匙交給在一旁等著的電梯服務員。他提著馬丁・貝克的行李先走入電梯。電梯吱吱呀呀地往一樓升上去。這位電梯服務員看起來至少跟電梯一樣老，馬丁・貝克想自己拿行李，卻徒勞無功。他們走過一道長廊，向左轉了兩次，然後老人打開一個巨大的雙層門門鎖，將行李放進房內。

這個房間天花高逾十二呎，而且很大，龐大的桃花心木製家具色澤深沉。馬丁・貝克打開浴室門，浴缸也很寬大，有著大大的老式水龍頭及蓮蓬頭。

窗戶很高，內面有百葉窗，窗前凹進去的地方掛著厚實的白蕾絲窗簾。他打開一邊的百葉窗往外看，正下方有一盞瓦斯燈，發散著黃綠色的燈光。他看得見遠方的燈光，但過了半晌才發現，燈光與他之間隔著一條河。

他打開窗探出身子。下方有石欄杆和大花缸圍繞的桌椅，燈光流洩照在桌椅上，還聽見一個小型管絃樂團在演奏史特勞斯的圓舞曲。旅館與河流之間有一條馬路，路上有樹木、瓦斯燈、電車路線和開闊的碼頭。碼頭上有長椅和大盆植栽，還有一左一右、在他面前跨過河面的兩座橋。

他讓窗戶開著，下樓去吃飯。打開通道的玻璃門，他來到前廳，裡頭沿著一面鏡牆擺著矮桌和座位頗深的扶手椅。再往上走兩階，就是餐廳，遠處角落正坐著他剛剛在樓上房間聽到的小管絃樂隊。

餐廳真是巨大，有兩根桃花心木的柱子和一個環著三面牆壁的陽台，陽台在屋頂下高高聳立。三名站在門邊、穿著黑領紅褐色外套的侍者對他鞠躬，並同聲招呼。第四名侍者快步向前，領他到一張靠近窗子和樂隊的桌位。

馬丁．貝克注視許久才找到德文菜單欄。過了一會兒，頭髮灰白、長得像個友善拳擊手的侍者靠過來說：

「魚湯很不錯，先生。」

馬丁．貝克立刻決定點魚湯。

「要點巴拉克嗎？」侍者說。

「那是什麼？」馬丁．貝克先以德語說，再用英語。

「上好的開胃酒。」侍者說。

馬丁．貝克喝了叫做巴拉克的開胃酒。侍者解釋，「Barack palinka」就是匈牙利文的杏子白蘭地。

他喝了紅色的魚湯，湯裡加足了紅椒粉調味，確實好吃。

他還吃了淋有濃郁紅椒醬汁的羊排佐馬鈴薯，喝了捷克的啤酒。

喝完濃咖啡和第二杯開胃酒後，他覺得很睏，便直接回房睡覺。

他關上窗戶和百葉窗，爬上床。床嘎嘎作響。這聲音真親切，他心想，接著就這麼睡著了。

8.

馬丁・貝克被一陣長長拖曳的沙啞汽笛聲吵醒，他在朦朧中眨眼，試著集中精神。這期間，汽笛聲又響了兩次。他側身拿起床頭桌上的手錶，八點五十分了。大床與他的身體禮貌地應答，你來我往，嘎嘎作響。他想，或許這張床也曾在陸軍元帥康拉德・馮・赫岑多夫*的身體下，做過同樣莊嚴的應和？流洩的日光透進百葉窗，屋裡已十分暖和。

他起身到浴室，咳了一會兒，這是他每天早晨的例行動作。喝下一大口礦泉水後，他穿上睡袍，打開百葉窗和外窗。室內昏暗的光線與外頭晴朗、刺目的陽光成強烈對比，令人目眩，眼前的景色亦然。

多瑙河從他面前由北往南平靜地緩緩流過。河水顏色並不特別藍，但是河身寬廣壯闊，無可置疑地美麗非凡。對岸有兩座坡度和緩的山丘，上頭分別坐落著一座紀念碑及築有圍牆的碉堡，

* 馮・赫岑多夫（Conrad von Hötzendorf, 1852—1925）：奧地利陸軍元帥，一次大戰時曾任奧匈帝國軍隊總參謀長。

斜坡上僅有零星房舍散落；較遠處的山崗上反倒是蓋滿別墅。那是有名的布達區，是極為接近中歐文化心臟的地區。馬丁・貝克讓視線馳騁在如畫景色當中，心不在焉地聽著歷史的雙翅在耳邊撲打。在那兒，羅馬人曾建立他們強大的殖民地阿奎肯；一八四九年解放戰爭期間，哈布斯堡王朝的砲兵隊就是從那裡將佩斯轟成平地；而一九四五年的春天，薩拉西*的法西斯軍隊及德國陸軍中將普費弗-維爾登布魯赫**的SS軍團也在這裡整整停留了一個月，並在無意義的英雄主義作祟下，導致毀滅性的結果（他在瑞典遇到的老法西斯黨員談起這事時，仍充滿驕傲）。

窗口下有一艘白色的明輪船繫在碼頭，船上懸掛的紅白藍三色捷克國旗在熱氣下顯得垂頭喪氣，甲板上有旅客在躺椅上做日光浴。將他吵醒的，是一艘緩緩掙扎著逆流而上的南斯拉夫拖船。那艘船巨大而老舊，上頭有兩個傾斜、不對稱的煙囪，船後拖了六艘載滿重物的平底貨船。最後一艘上頭，有一條吊衣繩由操舵室牽到置於升降口之間較低的那架卸貨機上。一位紮著頭巾、身穿藍色工作服的年輕女子，安詳地由籃中取出剛洗好的衣裳，小心翼翼地將嬰兒服掛在繩上，對兩岸的美景視若無睹。河左邊有一座狹長而優美的橋，呈弧形跨過河身，彷彿直直通往有紀念碑的那座山崗。那紀念碑是一個銅鑄的高瘦女子，將一片棕櫚葉高舉過頭。橋上有車子、巴士、電車，行人熙來攘往。河右邊往北的方向，那艘拖船已抵達下一座橋。它再次發出三聲沙啞的笛聲，宣告它拖曳的平底貨船數，將煙囪順著船頭船尾的方向放平，然後由橋下低低的拱門滑過去。就在窗口前方，一艘小輪船對著岸邊搖擺駛來，乘著浪，左右打橫地滑行了五十碼後，漂亮地停泊在浮橋碼頭上，與兩邊停船的距離間不容隙。從這艘小輪船下船上岸的旅客多得驚人，之後又換了另一批數量同樣驚人的旅客上船。

太陽高掛，空氣乾燥而溫暖。馬丁．貝克將身體探出窗外，目光由北瀏覽到南，同時回想一些他從飛機上的小冊子讀來的資料。

「布達佩斯是匈牙利人民共和國首都。據信是在一八七三年，由布達、佩斯以及歐布達三個城鎮合併為一後成立。不過，考古結果顯示，數千年前即有人聚居此地，而羅馬下帕諾尼亞省的省都阿奎肯即建於此。今天，這個都市有近兩百萬人口，分為二十三個行政區。」

這確實是一座很大的都市。他想起瑞典傳奇的探長古斯塔．李博一八九九年到紐約追捕製作偽鈔的史考克時，曾說過一句極為經典的感言：「在這個蟻堆中，有位不知名的先生；住址：何處？」

---

* 薩拉西（Szálasi Ferenc, 1897—1946）：匈牙利人，在德國一九四四年占領匈牙利後，曾任匈牙利王國民族團結政府的國家元首兼總理。在其統治期間，有多達一萬餘名猶太人遭殺害。

** 普費弗-維爾登布魯赫（Karl Pfeffer-Wildenbruch, 1888—1971）：布達佩斯圍城戰時，和蘇聯紅軍對抗的德軍指揮官。

即便在當時，紐約也比現在的布達佩斯大。但李博探長那時有無限的時間可用，他自己卻只有一星期。

馬丁・貝克將歷史與河道交通留給它們各自的命運主宰，轉身進去沖澡。他穿上涼鞋、淡灰色的滌綸材質長褲，將襯衫拉在外面。當他站在大衣櫥前面照鏡子，以批判的眼光看著自己這一身率性打扮時，桃花心木的衣櫥門突然自行打開，緩慢、不祥，還帶著令人焦慮的吱吱聲，很像早期的恐怖電影。後來，電話發出急迫短促的鈴聲時，他急跳的脈搏都還沒回復正常。

「有位先生找您，他在大廳等著。是瑞典人。」

「是麥森先生嗎？」

「是的，我相信就是。」櫃台服務員高興地說。

當然是了，馬丁・貝克邊走下樓梯邊想。要是果真如此，他這個奇怪的任務就會有一個非常光榮的結局。

但來人並非阿爾夫・麥森，而是一名來自大使館的年輕人，穿著極度正式：一身暗色西裝、黑皮鞋、白襯衫，打著淡灰色的絲質領帶。此人打量著馬丁・貝克，眼神中露出一絲詫異，但只是一絲絲。

「我想你應該了解，我們知道你這次任務的性質。也許我們應該就這件事談一談。」

他們坐在旅館前廳討論。

「有比這家更好的旅館。」大使館來的人說。

「真的？」

「對。更現代，頂級的，還有泳池。」

「哦。」

「這裡的俱樂部也不夠好。」

「嗯。」

「關於這位阿爾夫．麥森——」

此人壓低聲音，四處看了一下，但前廳除了在遠處角落睡覺的一個非洲人外，空無一人。

「你有他的消息嗎？」

「沒有，完全沒有。我們只知道他在二十二日晚上曾到菲黑吉登記，那是這裡的機場。當晚睡在布達那邊一個叫伊夫沙嘉的青年旅館，隔天早上他就搬來這間旅館。半小時後，他外出時也把房間鑰匙一併帶走。從那時起就沒人見過他了。」

「警方怎麼說？」

「什麼也沒說。」

「什麼也沒說？」

「我談過的幾個都一副事不關己的樣子。就公務上來說，那樣的態度其實無可厚非。因為麥森拿的是有效簽證，而且已經在這間旅館登記為房客，只要不逾期居留，直到他離境前都不干警察的事。」

「他會不會已經離開這個國家了？」

「很難想像。即使他違法，成功越過邊界，但沒有護照能去哪裡？不過，我還是問了布拉格、貝爾格勒、布加勒斯特、維也納等使館。為了安全起見，甚至問了莫斯科。但大家都毫無所知。」

「他的雇主似乎認為，他來這裡是要辦兩件事。一是採訪拳擊手拉斯羅・帕普，然後是寫一篇關於猶太博物館的報導。」

「他兩個地方都沒去，我們稍微調查過，他曾從瑞典寫了一封信給博物館館長秀許博士，但並未去找他。我們也跟帕普的母親談過，她沒聽過麥森的名字，而且帕普根本也不在城裡。」

「他的行李還放在旅館嗎？」

「他的東西還在旅館，但不在他房裡。他只訂了三晚住宿。旅館在我們的要求下保留了房間，把他的行李移到辦公室放，就在櫃台後面。事實上，行李連開都沒開。我們已經付過帳了。」

那人靜靜地坐了一會兒，彷彿在考慮什麼。接著，他嚴肅地說：「當然，我們會要求他的雇主還錢。」

「或由他的遺產中扣除。」馬丁．貝克接口。

「對，如果事情最後是最壞的結果。」

「他的護照呢？」

「在我這裡。」大使館來的人說。

他拉開扁平的公事包拉鍊，從當中取出護照遞過來，同時由衣服內袋抽出鋼筆。

「在這裡。能否請你簽收？」

馬丁．貝克簽名後，那人將筆和收據收妥。

「好，就這樣。還有沒有別的事？噢，對了，旅館帳單。這點你不用擔心，我們收到指令，必須支付你的開銷。很不尋常，我覺得。當然，你每天的正常花費也會包括在內。呃，如果你需要現金，可以到大使館來領。」

「謝謝。」

「我想應該沒有其他事了吧？如果有需要，你隨時都可去檢查他的行李。我已經跟他們交代過了。」

那人站起來。

「事實上，你目前住的正是麥森的房間。」他順便提了一下。「一〇五號房，對吧？如果不是我們堅持要他們將房間保留在麥森名下，你可能就得住到另一間旅館。現在是旅遊旺季。」

在他們道別前，馬丁・貝克問：「你個人怎麼看？他會去哪裡？」

大使館來的人面無表情地看著他。

「我要是有任何想法，也寧可不說。」

過了一會兒，他補上一句：「這件事很惱人。」

馬丁・貝克上樓回房，房間已經打掃過。他環顧四周，原來阿爾夫・麥森曾經在這裡待過？最多一個小時。想由他那短短一小時的活動裡找出任何線索，根本是緣木求魚。

阿爾夫・麥森在那一小時內做了什麼？像他這樣，站在窗邊看船嗎？或許吧。他是否看到了什麼人或什麼事情，因而匆匆離開旅館，甚至忘了將鑰匙交給櫃台？很難說。如果他在街上被車撞了，應該馬上會有報告；假如他企圖跳河自殺，起碼也得等到天黑。假如他想用杏子白蘭地治療宿醉，因此又酗了一回酒，那他也有十六天可以清醒過來；那未免太久了。但他沒有在工作時喝酒的習慣。他是那種現代型的記者——這是第三組那邊的報告裡記載的——迅速、有效率、直截了當，是那種先工作再休息的人。

令人不爽，非常不爽。反正就是不爽，他媽的不爽。不爽到極點，簡直要抓狂。

馬丁．貝克躺上床，床大聲地嘎嘎作響。但他現在想的可不是馮．赫岑多夫男爵，而是它是否曾在阿爾夫．麥森身體下嘎嘎叫？有人是一進旅館房間，不會馬上躺到床上試床嗎？所以麥森應該曾經躺在這兒，看著十二呎高的天花板？然後完全沒打開行李，就帶著鑰匙出門……之後就消失了。這電話可曾響過？而且帶來某個驚人消息？

馬丁．貝克攤開布達佩斯的地圖細讀，接著，他突然有股要執行某種任務的衝動。他起身，將地圖和護照放進長褲的後口袋，下樓去檢查行李。

門房是位微胖的老人，親切中帶著威嚴和睿智。

沒有，麥森先生待在旅館期間沒有任何來電找他，但他離開後倒是有好幾通，隨後幾天也是。打來的都是同一個人嗎？不是，是幾個不同的人，總機那邊相當確定。男的？男女都有，至少有一個女的。打來的人有沒有留下口訊或電話號碼？沒有，都沒有留下口訊，也沒有留下電話號碼。後來，斯德哥爾摩跟瑞典大使館都來過電話。這兩個倒是留了口訊和號碼。現在還保存著。貝克先生您要看嗎？不用了，貝克先生不需要看。

行李的確就在櫃台後方的房間裡。這行李檢查起來很簡單，內有一部標準規格的伊利卡攜帶式打字機，和一個用帶子束緊的黃褐色豬皮行李箱。把手上掛著一個皮製名牌夾，裡面有張名牌，上頭寫著：「阿爾夫・麥森，記者，福來明路三十四號，斯德哥爾摩」。鑰匙則插在鎖上。

馬丁・貝克從盒子中取出打字機，研究許久。確認是伊利卡攜帶式打字機後，他轉而研究那個行李箱。

行李似乎打包得十分小心整齊，但他還是覺得有雙熟練的手已將它搜過一遍，並將東西歸位。裡面裝有一件格子襯衫、一件褐色運動衫，一件上面仍封著洗衣店紙封條的白色肋紋布襯衫，一條燙好沒多久的淺藍色長褲，藍色羊毛開襟上衣，三條手帕、四雙襪子、兩條色彩繽紛的短褲、一件網洞內衣，及一雙淺褐色麂皮鞋。東西全都非常乾淨。此外，還有一組刮鬍用具、一疊打字紙，一塊打字機用的橡皮擦、一把電動刮鬍刀、一本小說及一個深藍色皮夾，是旅行社常免費贈送的那種放不下機票的塑膠皮夾。刮鬍用具裡有刮鬍乳液、撲粉，一塊仍未拆封的香皂、一條已開封的牙膏、一支牙刷、一瓶漱口水、一盒阿斯匹靈及一些保險套。深藍色的塑膠皮夾裡有一千五百美金，全是二十元面額的紙幣，還有六張面額一百克朗的鈔票。以旅行開銷來看，這些現金未免多得驚人，但是阿爾夫・麥森的作風似乎慣於講究排場。

馬丁・貝克小心地將東西盡量整齊放回去，然後還給櫃台。時間已到中午，該出門了。他還不知道自己該做什麼，但至少要置身在外頭新鮮的空氣裡——譬如陽光下的碼頭。他從口袋中掏出房間鑰匙，鑰匙看來就跟旅館本身一樣老舊、莊嚴而牢固。他把鑰匙放在櫃台，接待員馬上伸手接下。

「這是備用鑰匙吧？」

「我不明白你的問題。」接待員問道。

「我以為前一位房客把鑰匙拿走了。」

「是的，沒錯。但鑰匙隔天就送回來了。」

「送回來？從哪裡送回來？」

「警察那裡，先生。」

「警察那裡？哪個警察？」

接待員困惑地聳聳肩。

「當然是一般的警察呀，不然會是哪裡的？有個警察把鑰匙交給門房。麥森先生一定是在哪裡掉了鑰匙。」

「掉在哪裡？」

「我不知道，先生。」

「除了我之外，有沒有人檢查過麥森先生的行李？」

接待員遲疑了一下後回答：

「我想沒有，先生。」

馬丁・貝克走出旋轉門。留著灰鬍子、戴著有邊帽的門房站在陽台下的陰影處，雙手不動地背在後面，很像一尊活生生的埃彌爾・傑寧斯雕像*。

「你記不記得兩星期前，曾從一個警察手上收到一把鑰匙？」

老人以詢問的眼光看著他。

「當然了。」

「是穿制服的警察嗎？」

「是的，是的……一輛巡邏車開過來，其中一個警察下車，把鑰匙交給我。」

「他們有沒有說什麼？」

那人想了想。

「他說：『失物招領。』只有這樣而已。」

馬丁・貝克轉身走開。走了三步後，他想到忘了給小費，便走回去在那人手裡放了一些他不熟悉的輕金屬硬幣。門房以右手指尖碰了一下帽簷說：「謝謝您，其實不用的。」

「你德語說得真好。」馬丁・貝克說。

他暗忖，起碼比我好太多了。

「我是一九一六年在義大利的伊頌卓前線學的。」

馬丁・貝克轉過街角，拿出地圖來研究，然後握著地圖，往碼頭走去。一艘有兩個煙囪的龐大白色明輪船正緩緩朝上游駛來，他意興闌珊地看著。

這整件事有非常不對勁的地方，絕對不該是那樣的。但究竟是什麼事？他完全說不上來。

＊　傑寧斯（Emil Jannings, 1884—1950）歐洲著名演員，是首位奧斯卡金像獎最佳男主角獎得主，亦是一九三七年的威尼斯影展影帝。

9.

這天是週日，天氣非常暖和，一層薄薄的熱氣顫顫地籠罩著山坡。碼頭上擠滿人，有些人來回走著，有的則坐在通往河岸的階梯上曬太陽。河上來回行駛的小輪船跟遊艇上，都是穿著夏裝的人，擠在一塊兒，要前往游泳地點或觀光景點。售票亭前大排長龍。

馬丁．貝克忘了這天是週日，剛開始還真被人潮嚇了一跳。他跟隨步行的人群沿著碼頭走，邊看著熱鬧的河上交通。他原想徒步走過下一座橋，到河中心的瑪格麗特島去，做為這一天的開始。但後來想到，那裡在週日會擠滿來自布達的市民，便打消了主意。

如此擁擠令他有些不快。看到這麼多人在他們自由的星期天這麼快樂，更令他渴望有所行動。他打算去拜訪阿爾夫在第一晚——或許也是唯一的一晚——住過的旅館。根據大使館的人所說，是一間位在布達的青年旅館。

馬丁．貝克離開人群，走上碼頭上的街道。他站在某間房子的山牆陰影下研究地圖，找了許久，都找不到名為伊夫沙嘉的旅館。最後，他把地圖折好，朝通往河島及布達方向的橋走去。他環顧四周，想找個巡警問路，卻遍尋不著。橋末有計程車候車站，那兒剛好停著一輛車，看來是輛空車。

那計程車司機只會說匈牙利話，完全聽不懂馬丁・貝克所言。最後，他把寫有旅館名字的字條拿給他看，司機這下才明白。

他們開過橋，越過綠色的河島。透過島上的樹叢，他看到一陣高高湧起的大浪。車子隨後轉入一條商店街，開上一條陡峭而狹窄的街道，再進入一個有草地的開闊廣場。廣場上有一組現代風格的銅雕，是一男一女對坐相望。

計程車就在那裡停住。馬丁・貝克付了車錢——或許付得太多，因為司機用他聽不懂的語言向他再三道謝。

低矮的旅館沿著廣場而建，這座廣場比較像是拓寬的街道，還有花壇和停車場。與廣場周邊其他建築相比，旅館的建築物似乎是新建的。設計風格很現代，整個正面都做了陽台，通往入口的少少幾階樓梯非常寬。

玻璃門內是一座深長而明亮的大廳，廳裡有一家禮品店（門關著）、電梯間、幾組椅子及櫃台。櫃台沒人，整個廳裡也看不到半個人。

與大廳相臨的是一間寬大的休息室，室內有扶手椅和矮几，最裡邊的整片牆都是大窗戶。這個房間也沒人。

馬丁・貝克走到有窗的那邊，往外看。

外頭草地上躺著幾個年輕人，身穿泳衣在曬太陽。

這間旅館建在山坡上，視野面對佩斯的方向。山坡上，介於旅館與河之間的老舊房舍看來都很寒傖。馬丁・貝克坐在計程車裡時，看到大部分房子的正面都有彈孔，有些牆面的灰泥更是整片被射落。

他回頭看前廳，還是沒人，於是在休息室找了一張扶手椅坐下來。他對造訪這座旅館並沒有抱著多大期待。阿爾夫・麥森在這裡待了一晚，夏季的布達佩斯旅館供不應求，這家旅館正好有一間空房，大概也純屬巧合。在這旅遊旺季中，無法期待有人會記得一個很晚才入住、隔天又一早離開的過客。

他將最後一根佛羅里達香菸捻熄，沮喪地看著外頭草地上曬成小麥膚色的年輕人。突然，他覺得自己在布達佩斯四處遊蕩，試著找尋一個他根本毫無興趣的人，是件非常荒謬的事。他記憶中不曾接過這樣毫無希望、也毫無意義的任務。

前廳那邊傳來腳步聲，馬丁・貝克起身跟過去。櫃台後面站著一個年輕男子，一手拿著聽筒，兩眼看著天花板，邊聽邊咬著大拇指指甲。然後他開始說話。起先馬丁・貝克以為他說的是芬蘭語，但隨即想到，芬蘭語和匈牙利語其實系出同源。

年輕人放下電話後，以詢問的眼光看著馬丁・貝克。馬丁・貝克猶豫著不知該使用哪種語言開口。

但那年輕人以非常完美的英文問他：「有什麼可以為您效勞的嗎？」

馬丁・貝克鬆了一口氣。

「是關於七月二十二日在這裡過夜的一個客人。你知道那天晚上是誰當班嗎？」

那年輕人看看牆上的掛曆。

「我完全不記得了，」他說，「已經兩個多星期了。您等等，我來看看。」

他在桌底的架子上翻找一陣，拿出一本黑色小本子翻閱。然後說：「是我自己呢。星期五晚上，沒錯……是什麼樣的人？他只住一晚？」

「就我所知，是的，」馬丁・貝克回答，「當然，他有可能後來又回來住。他是個瑞典新聞記者，名叫阿爾夫・麥森。」

那年輕人瞪著天花板，咬著指甲。他搖搖頭。

「我想不起來有任何瑞典房客。我們這裡很少有瑞典人來。他長什麼樣子？」

馬丁・貝克把阿爾夫・麥森的護照拿給他看。年輕人看了一會兒後，遲疑地說：

「不知道耶。也許看過，但實在想不起來。」

「你這裡有沒有分類簿？房客登錄卡？」

年輕人拉出一個放滿歸檔卡片的抽屜，開始翻找。馬丁・貝克等著。他有股衝動想抽菸，不過摸遍口袋才發現，竟然全都抽完了。

「有了，」年輕人說著，由抽屜裡抽出一張卡片，「是的，就如您所說，他七月二十二日在這裡住過。」

「那晚之後他沒再回來過？」

「沒有，之後都沒有。他五月底曾在這裡住過幾天，不過那是我來上班之前的事。我那時還在考試。」

馬丁・貝克拿起卡片端詳，阿爾夫・麥森曾在五月二十五至二十八日之間住宿此地。

「那時當班的是誰？」

年輕人想了一下，答道：

「應該是史黛菲，或是我前任的職員。不過我實在想不起他叫什麼名字。」

「這個史戴菲，」馬丁・貝克問道，「他還在這裡工作嗎？」

「是『她』，」年輕人糾正他，「是女生，叫史黛芬尼亞。是的，她跟我輪班。」

「她什麼時候會來？」

「應該已經在了。我是說在她房裡，她就住在旅館這裡。她這星期輪夜班，所以可能還在睡覺。」

「你能幫我查查看嗎？如果她醒著，我想跟她談一談。」

年輕人拿起電話撥了個號碼，過了一會兒將話筒掛回去說：

「沒人回答。」

他打開櫃台的活動門走出來。

「您等一等，我去看看她在不在。」

他走進一座電梯，馬丁・貝克看到燈號停在二樓。過一會兒他又回來。

「她室友說她出去做日光浴。你等一下，我去找她。」

他消失在休息區那邊，沒多久就帶著一個女孩回來。她矮矮胖胖的，腳上穿著拖鞋，比基尼外頭罩著格子浴袍。她邊扣上浴袍釦子，邊朝馬丁・貝克走來。

「很抱歉打擾你。」馬丁・貝克說。

「沒關係，」這個叫史黛菲的女孩回答，「我能幫你什麼忙嗎？」

馬丁・貝克問她五月那幾個特定日子，她是否在櫃台當班。她走到櫃台後，翻看那本黑色小本子後點點頭。

「是的，」她說，「不過，我只負責白天班。」

馬丁・貝克給她看阿爾夫・麥森的護照。

「瑞典人嗎？」她沒有抬頭地問道。

「對，」馬丁・貝克回道，「是個記者。」

他看著她，等待回答。她看著護照上的相片，歪著頭思索。

「是……是的。」她遲疑地說，「是的，我想我記得這個人。起先他住在一個有三張床的房間，後來，有幾個俄國團客要住，我們需要那間房，所以只得請他換房。但是他的新房間沒有電話，他非常生氣。我們不是所有房間都裝有電話。他為了沒有電話跟我們吵個不停，迫不得已，我只好讓他跟一個不需要電話的客人換房。」

她闔上護照，放在櫃台。

「如果是他，那這張相片照得不是很像。」

「你記不記得可有任何訪客來找他？」

「沒有，我想沒有。至少就我記憶所及並沒有。」

「那他是否打了許多電話？或是接過任何你想得起來的來電？」

「似乎有個女人打過幾次，但我不是很確定。」史黛菲說。

馬丁・貝克思索了一會兒，問道：「你記不記得其他有關他的事情？」

女孩搖搖頭。

「他帶著一台打字機，這點我很確定。我也記得他的穿著很高級，除此之外，就想不起任何特別的事了。」

馬丁・貝克將護照放回口袋，想到已無菸可抽，便順口問道，「可以跟你買包香菸嗎？」

那女孩傾身查看某個抽屜。

「當然可以，不過我只有特爾福牌的。」

「沒關係。」馬丁・貝克接過那包裹著灰色包裝紙、上頭印有工廠高聳煙囪的香菸。他拿出一張紙幣付錢，跟她說不用找了。然後由櫃台桌上拿過一本便條紙和筆，寫下自己的姓名和旅館，撕下來給史黛菲。

「要是你想起任何事，能否打個電話給我？」

史黛菲皺著眉頭看著那張紙。

「剛剛你在寫字時，我想到一件事，」她說，「我想是那個瑞典人問的，他問我怎麼去新佩斯的某條街。不過，也可能不是他問的，我不是很確定，或許是別的客人。我那時為他畫了一張簡單的地圖。」

她一說完就沉默下來，馬丁．貝克等著。

「我記得他問的那條街，但不記得號碼。因為我阿姨就住在那裡，所以我才記得。」

馬丁．貝克把便條推過去給她。

「能不能把街名寫給我？」

馬丁．貝克走出旅館，看著手中的紙條：「維內提那街」。

他將紙放入口袋，點起一根特爾福香菸，開始慢慢朝河邊走去。

10.

八月八日，星期一，馬丁．貝克被電話鈴聲吵醒。他睡眼惺忪地以手肘撐起上身，手忙腳亂地找尋電話筒。他先是聽到接線生用他不懂的語言說了些什麼，然後就聽到熟悉的聲音說：

「哈囉。」

因為太過吃驚，馬丁．貝克一時忘了回答。

「哈……囉，有人在嗎？」

柯柏的聲音清楚得像是人就在隔壁。

「你在哪裡？」

「當然是在辦公室裡啊。已經九點十五分了，可別告訴我你還賴在床上打呼。」

「你那裡天氣如何？」

馬丁．貝克問完突然一陣沉默，這個笨問題讓他有些無以為繼。

「在下雨，」柯柏語帶懷疑地說，「但我可不是為了報告這個才打電話的。你是病了還是怎麼樣？」

馬丁．貝克坐到床邊，從那個印有工廠圖樣的菸包裡，拿出一根陌生的匈牙利香菸點燃。

「沒有。你幹嘛？」

「我在這裡四處打聽了一下。那個阿爾夫．麥森似乎不是什麼好人。」

「怎麼說？」

「呃，就我所得來的印象吧。他似乎是是個徹頭徹尾的混蛋。」

「你打來就為了告訴我這個？」

「不，當然不是。不過，我想有件事應該讓你知道。我上星期六沒事幹，就去那個叫塘卡的啤酒吧坐坐。」

「聽著，別太多管閒事。按官方規定，你應該從沒聽過這起案件，也不知道我來這裡。」

柯柏顯然覺得自己被冒犯。

「你當我是笨蛋嗎？」

「偶爾啦。」馬丁．貝克故作親切地說。

「我沒跟任何人交談，只是坐在那群人旁邊，聽他們喋喋不休說了五個小時。他們喝得可真凶。」

接線生插進來說了一些他們聽不懂的話。

「你是要讓瑞典政府破產是吧？」馬丁・貝克催促，「到底什麼事？快說！」

「呃，那些人漫無邊際亂聊，這邊一點、那邊一些地聊到阿爾費——他們這麼稱呼他。他們是那種會在彼此背後大肆批評的人，只要哪個人的名字被提起，大家馬上重砲批評。」

「別拖拖拉拉。」

「那個叫墨林的尤其糟糕，我打電話要告訴你的這件事，也是他先起頭的。很骯髒，不過也許不是全然謊言。」

「好了，講快點好嗎，萊納。」

「你還敢說我咧。總之，根據他們所說，麥森之所以火速趕往匈牙利，是因為他在那裡有女人，是個不怎麼出名的運動員。那是他還在當體育記者時，在斯德哥爾摩某場國際運動賽事上認識的。當時他還跟他太太住在一起呢。」

「嗯。」

「他們還說，他的出國採訪行程，像是去布拉格、柏林等等，很可能都是刻意安排的，以便她在當地比賽時，他們倆可以相會。」

「聽起來不太可能。女性運動員通常會被看得死死，鎖在房間裡。」

「反正信不信由你。」

「謝了，」馬丁・貝克的語氣不帶絲毫熱情，「再見。」

「等等，我還沒說完。他們一直沒提到她的名字——我覺得他們也不知道。不過他們洩漏的許多細節已經足夠……昨天這裡也下雨。」

「萊納——」馬丁・貝克絕望地說。

「我昨天硬是進去皇家圖書館，在裡面坐了一天，讀過期報紙。據我判斷，只有一個女人有可能，她叫做——我拼給你聽。」

馬丁・貝克打開床頭燈，將字母寫在布達佩斯地圖的邊邊：A-R-I，B-Ö-K-K。

「寫好了沒？」柯柏問。

「當然。」

「她其實是德國人，但卻是匈牙利公民；至於她住哪裡，或名字拼得對不對，本人一概不知。她不太出名，我想不出從去年五月到現在，有什麼場合會讓我聯想到她的名字。顯然她是某種後備選手，副隊的。」

「你說完了沒有？」

「還有一件事。他的車子沒亂停，就在阿蘭達機場的停車場裡，是一輛歐寶，沒什麼特別的。」

「真的？你說完了沒？」

「說完了。」

「好，再見。」

「拜。」

馬丁．貝克無精打采地看著自己剛寫下來的字：ARI BÖKK。這看起來根本不像人名，或許有些小地方搞錯了，這條資訊根本毫無用處。

他起身打開百葉窗，讓夏天的氣息透進來。外頭的河景及布達那邊的景色，仍跟二十四小時前一樣迷人。那艘捷克明輪船已經離開，換成一艘有螺旋槳馬達及兩個低矮煙囪的船。這艘船也是捷克船，船名是「Druzba-友誼」。穿著夏裝的人坐在旅館前面的餐桌吃著早餐。此時已是九點半，他覺得自己很沒用，怠忽職守。於是趕忙梳洗換裝，將地圖放進口袋，匆匆下樓到前廳。一路匆忙地趕著下樓，到了前廳，他卻文風不動地站著。因為當你趕到目的地卻不知要做什麼時，匆忙似乎變得毫無意義。他將這個想法在心裡咀嚼了一下，然後走進餐廳，在一扇打開的窗戶旁坐下，讓人服侍他享用早餐。各種大小的船隻在河上來去，一艘很大的蘇俄拖曳船拖著三艘裝油的平底貨船，往上游前進，船長戴著白帽。這船大概來自巴敦吧？真是遙遠的路途。侍者們圍繞著馬丁・貝克的桌子，彷彿他是大亨洛克菲勒。街上有一些小男孩在踢球，一條大狗想加入玩球，差點拉倒牽著牠、穿著美麗的女士；她只得抓住迴廊的石柱，以免摔跤。過了一會兒，她放開石柱，但仍拉著皮帶，身體誇張地往後仰，跟在追逐著玩球小朋友的大狗後面奔跑。天氣已經很暖和了，河水閃亮著。

他漫無目的的舉動顯然引人注目。馬丁・貝克轉過頭，看到某人正在打量他。那人與他年齡相近，膚色黝黑，有些許白髮，鼻子挺直，棕色眼睛，身穿灰色西裝、黑皮鞋、白襯衫、打著灰色領帶，皮膚曬得黑黑的。他右手小指上戴著一只很大的圖章戒指，身旁桌上擺著一頂有斑點的綠帽；帽子有窄窄的帽緣，帽箍上插著小小一根蓬鬆的羽毛。那人又回頭去喝他的雙份濃縮咖啡。

馬丁・貝克轉開視線，這回看到一個女人在看他。一個年輕的非洲美女，容貌清秀，雙眼大而明亮，牙齒潔白，雙腿修長，腳背隆起。她穿著銀色涼鞋及一件布料發亮的淺藍色緊身洋裝。或許兩個人都在打量他吧？男的出於嫉妒，女的則出於掩藏不住的渴望——因為他實在太英俊了……

馬丁・貝克打了個噴嚏，三名侍者同時問候他。謝過他們之後他走進前廳，從口袋中抽出地圖，將寫在地圖邊緣的名字亮給接待員看。

「你知道有誰叫這個名字嗎？」

「不知道，先生。」

「聽說是某個運動明星。」

「真的？」

接待員的禮貌中帶著同情。當然，客人總是對的。

「先生，也許不是那麼出名。」

「這是男人還是女人的名字？」

「愛莉（Ari）是女人的名字，但其實是小名，會用來暱稱叫愛蘭卡的小孩子。」接待員歪著頭看那個名字，「但是，先生，那個姓真的是個姓氏嗎？」

「我能不能借用電話簿？」

當然，電話簿上沒有半個姓Bökk的人，但他可沒那麼輕易放棄（當一個人仍然漫無目標時，這無疑是種廉價的美德）。他試了一些其他的拼法，找到一個姓Boeck（波耶克）的，名字是波耶克．艾絲特，住址是Penzió XII維內提那街六號，電話是292-173。

他猛然想起那天上午，便拿出青年旅館那女孩寫的紙條來看，上面也是維內提那街。這絕非巧合。

櫃台現在已由一位年輕女士取代那位令人敬畏的老接待員。

「這字是什麼意思？」

「Penzió，寄宿之家。需要我幫您打電話？」

他搖搖頭。

「這條街在哪裡？」

「在新佩斯的第四區。」

「怎麼去？」

「搭計程車最快，不然，也可以在馬克斯廣場搭三號電車過去。不過，搭停泊在外頭的船是最舒服的，往北走。」

11.

那艘船名為烏特勒，看起來真是賞心悅目，這艘小型燃煤輪船有一根又高又直的煙囪和開放的甲板。當船平穩舒暢地逆流而上，經過國會大廈跟瑪格麗特島時，馬丁．貝克倚著船欄，思索如何以哲學的角度來解釋人類對於內燃機引擎的盲目崇拜。他走到引擎室，往下探看。熱氣從鍋爐室像根巨柱往上竄，司爐工穿著泳褲，肌肉發達的背部滿是閃亮的汗水，鏟煤的鏟子鏗鏘作響。處身在下面那如煉獄般的高熱裡，這個人都在想些什麼？極可能在想內燃機引擎帶來的福澤吧？他當然可以想像那種畫面：自己坐在柴油引擎旁邊讀報紙，擦機器用的舊棉布及一罐油就放在伸手可及的近處……馬丁．貝克回頭繼續研究這艘船，但那司爐工已破壞了他的興致。世界上大部分的事物不都是如此嗎？魚與熊掌不可得兼。

船滑行過寬敞的露天公園及游泳區，擠過一大群獨木舟和遊樂用船隻，漸次前進。經過兩座橋，繼續通過一道狹窄的河灣，進入一條小支流，勝利地發出一聲短促沙啞的笛聲後，在新佩斯靠岸。

馬丁·貝克上岸後，轉身看這艘輪船——外表如此優美，卻又十分實用。司爐工走上甲板對著太陽大笑，然後直接跳入河裡。

這個區域的風格，與他先前見過的布達佩斯其他城區十分不同。他斜穿過一個毫無遮蔽的大廣場，徒勞地問了幾次路，但別人都聽不懂他說什麼。雖然拿著地圖，他卻走錯路，來到一間猶太教堂的後院。此處顯然專門收留年老的猶太人，虛弱的倖存者們坐在牆邊陰影處的藤椅上，對他愉快地點頭。

五分鐘後，他站在維內堤那街六號的外頭。這是一棟兩層樓的建築，外表看不出是宿舍，但街旁停著兩輛掛有外國車牌的車。他一走進門廳就遇到屋主，他以德語問道：

「波耶克太太嗎？」

「是的……恐怕我們已經客滿了。」

她是位年約五十的胖婦人，德語非常流利。

「我在找一位愛莉·波耶克小姐。」

「那是我姪女。上去一樓，右手邊第二個門。」

說完她就離開了。就這麼簡單。馬丁·貝克在那漆成白色的門外站了一會兒，聽到門裡有人走動。他輕輕敲門，門隨即打開。

「波耶克小姐嗎？」

那女子看來十分驚訝，很可能正在等別人。她穿著一件兩件式的深藍色泳衣，右手拿著橡膠製的綠色潛水面罩，兩腳開開地站著，左手仍握著門鎖，動也不動，彷彿動作到一半突然痲痺。她留著黑色短髮，五官非常鮮明，雙眉又濃又黑，鼻子既大且直，雙唇豐滿，牙齒很健康，但不太整齊。她嘴唇半開，舌尖停在下排牙齒上，好像正要說些什麼。她身高不超過五呎一，卻很健美，體態勻稱，肩膀長得很好，腰細臀寬，雙腿健壯，腳短而寬，腳趾直直的。她曬得很黑，但膚質看來十分柔軟有彈性，尤其是腹部。腋毛剃得很乾淨，胸部豐滿，有曲線的腹部覆著濃密的柔毛，在黝黑皮膚的映襯下，毛色顯得很淺。在腹股溝的鬆緊帶下，鬈曲的黑毛或這兒或那兒地露了出來。她頂多二十二、三歲，以傳統標準來說，稱不上美麗，卻有其魅力。

她深棕色的大眼睛裡冒著問號，最後說道：

「是的，我就是。你在找我嗎？」

她的德文不如她姑姑好，但也很不錯。

「我在找阿爾夫・麥森。」

「那是誰？」

她一副受驚小孩的模樣，讓他很難看出她對這個名字的確實反應。她很可能根本沒聽過這個名字。

「一名瑞典新聞記者，來自斯德哥爾摩。」

「他應該住在這裡嗎？我們這兒目前沒有瑞典人寄住，你一定是搞錯了。」

她想了一會兒，皺著眉。

「可是，你怎會知道我的名字？」

她身後是一間平凡無奇的房間，衣物隨意亂丟在家具上。就他看到的，只有女性衣物。

「這個地址是他親手給我的，麥森是我的朋友。」

她懷疑地看著他，「太奇怪了。」

他從口袋中拿出麥森的護照，翻到有相片的那一頁。她仔細看著。

「我從來沒見過這個人。」

過一會兒她問道：「你們彼此失聯了，是嗎？」

馬丁・貝克還來不及回答，就聽到後面有腳步聲傳來，於是往旁讓開一步。一名年約三十歲的男子由他身邊走過，進入房裡。他穿著泳褲，身高低於平均值，金髮，體格很強壯，皮膚跟那女子一樣，曬得黝黑。那男子站在她身後旁側，好奇地窺看護照。

「這是誰？」他以德語發問。

「我不知道。這位先生跟他失去聯絡，以為他搬到這裡來了。」

「失聯？」金髮男子說，「那可不妙，尤其沒帶護照。我知道那有多麻煩，我自己就有一次經驗。」

他調皮地將那女子的泳衣鬆緊帶拉得遠遠地，然後放開，「啪」一聲打回她身上。她飛快地白了他一眼。

「我們不是要去游泳？」他問道。

「是啊，我準備好了。」

「愛莉・波耶克，」馬丁・貝克說，「我認得這個名字。你不是游泳選手嗎？」

她的眼中第一次露出猶疑。

「我已經不參加比賽了。」

「你是不是來過瑞典比賽？」

「對，有一次。兩年前，我最後一名。真奇怪，他居然會給你我的住址。」

金髮男子詢問地看著她，沒有人說話。馬丁・貝克將護照收起來。

「好吧，那就再見了。抱歉打擾你了。」

「再見。」那女子臉上首度露出微笑。

「希望你能找到你朋友，」金髮男子說，「你有沒有試過羅馬游泳場旁邊的露營區？就在河對岸那邊，那裡有很多人。你可以搭船過去。」

「你是德國人對嗎？」

「對，漢堡來的。」

那男子將女子的深色短髮弄亂，她則以左手背輕輕刷過他的胸部。

入口的玄關空無一人，權充櫃台使用的桌子後面，架子上有一小疊護照。最上面的是芬蘭護照，下面壓著兩個他熟悉的苔綠色護照。他假裝漫不經心地伸出手，拿過其中一本翻開。剛才在愛莉・波耶克房門口碰到的那位男子，眼神呆滯地回看著他。特茲・拉德伯格，旅行社職員，漢堡，一九三五年生。顯然沒人刻意對他撒謊。

回程路上他的運氣不佳，搭上一艘現代的快速渡輪，甲板加蓋了屋頂，柴油引擎的聲音震耳欲聾。船上只有寥寥幾位乘客——最靠近他的地方，坐著兩位穿著鮮豔洋裝和俗麗披肩的老婦；她們帶著很大的白色包袱，很可能來自鄉下。再過去，坐在酒吧間的是一位戴著棕色呢帽、表情嚴肅的中年男子；他帶著一只公事包，臉上掛著公務員的表情。一個穿藍色西裝、個頭高大的男子無精打采地在削一枝木棍。上下船的地方站著一名穿制服的警察，他正吃著包在紙捲裡的八字型餅乾，不時和一名蓄有黑色短髭、個子矮小、穿著入時的禿頭男子說話。最後是一對年輕夫妻，帶著兩個像娃娃般可愛的小孩。

馬丁．貝克沮喪地檢視著這些同船乘客。他走這一趟算是失敗了，沒有任何跡象顯示愛莉．波耶克在說謊。

他心裡暗罵自己，竟然出於一股奇異的衝動，就擔下這樣毫無意義的任務。破案的機率是越來越小了。他獨自一人，沒有半點頭緒。假如他真有些想法，也缺乏將之付諸實行的奧援。最糟糕的是，他內心深處知道，他根本不是出於一時衝動，而是自己的警察精神或什麼的在作祟。柯柏也是基於相同的直覺，才會犧牲休假私下去調查。這是一種職業病，逼著他承擔各種任務，而且竭盡所能想破案。

回到旅館時已經四點十五分，餐廳此時已經打烊，他錯過了午餐。回到房間，沖完澡後他換上睡袍，喝了一杯在飛機上買的威士忌。他發現那酒的味道粗劣，令人不快，只好到浴室刷牙。而後，他探出窗外，雙手放在寬寬的窗台上看船，但這沒能帶給他多少喜悅。在他正下方，坐在一張戶外餐桌旁的，是一個方才跟他同船的旅客，穿藍色西裝那位。他桌上放著一杯啤酒，手上繼續削著木棍。

馬丁．貝克皺眉躺回那張會吱吱叫的床。他將整個情況想了一遍，他遲早非得跟警察聯絡不可，這方法不能保證什麼，也沒有人會喜歡；就目前而言，連他自己都不喜歡。

晚餐前，他閒散地坐在休息區的扶手椅上打發時間。房間另一頭，手上戴有圖章戒指、頭髮灰白的男子正在讀一份匈牙利報紙。那是早餐時打量他的人，馬丁・貝克注視他良久。但對方只是平靜地喝著咖啡，對周遭似乎一無所覺。

馬丁・貝克的晚餐點了磨菇湯和某種來自巴拉頓湖的鱸魚，配著白酒非常對味。小樂團演奏著李斯特、史特勞斯和其他同屬那個崇高樂派的音樂家之作。這頓晚餐非常美味，但他的心情並未因此快活起來。侍者簇擁在這位心情欠佳的客人身邊，像是一群醫學專家圍繞在獨裁者病榻旁。

他在大廳裡喝著咖啡和白蘭地。戴圖章戒指的男子仍舊在房間另一端讀著他的報紙，面前依然擺著一杯咖啡。幾分鐘後，那人看看手錶，望向馬丁・貝克這邊，折起報紙走過房間。

這下子，馬丁・貝克可以省去跟警方聯絡的麻煩了，因為他們已率先採取行動。二十三年的經驗讓他一看對方走路的樣子就知道，這人是個警察。

12.

穿灰西裝的男子由上衣口袋拿出一張名片，放在桌邊。馬丁．貝克站起來時瞥了一眼，上面只印著一個名字：「維摩斯．史魯卡」。

「我可以坐下嗎？」

此人說的是英語。馬丁．貝克點點頭。

「我是警方的人。」

「我也是。」馬丁．貝克答道。

「我知道。來杯咖啡？」

馬丁．貝克點點頭。那人舉起兩根手指，馬上有侍者端了兩杯過來。這裡確實是個喝咖啡的國度。

「我也知道你這次是來查案的。」

馬丁．貝克沒有馬上答話，他摸著鼻子思索。顯然此刻是回說：「完全不對，我是來觀光的，只不過也想找一位我想見的朋友」的最佳時機，對方應該也期待他這麼回答。

史魯卡似乎也不急，他啜飲著他的雙份濃縮咖啡，顯然很開心。這不知是第幾杯了，馬丁・貝克今天稍早已看過他喝下至少三杯。男子很有禮貌，但也拘謹，他的眼神友善，卻又很職業。

馬丁・貝克繼續思考：這個人是個不折不扣的警察。很不幸，就他所知，這世上沒有哪條法律規定小老百姓得跟警察說實話。

「是的，」馬丁・貝克終於說，「沒錯。」

「那麼，最合理的作法是不是應該先來找我們？」

馬丁・貝克不太想回答這個問題。停頓幾秒後，那人自己整理出一個看法。

「假如真發生了需要調查的事。」他說。

「我沒有正式的派令。」

「我們也還沒接到任何命令，只是語意模糊地稍稍問了一下。換句話說，看來是什麼都還沒發生。」

馬丁・貝克大口喝下咖啡，咖啡非常濃。這個對話比他預期的還教他不舒服。但不論如何，要他坐在旅館大廳聽一個連身分都懶得透露的警察說教，門兒都沒有。

「話雖如此，這裡的警察還是認為他們有理由檢查阿爾夫・麥森的行李。」他說。

這話有點信口開河，卻正中要害。

「我不知道有這樣的事。」史魯卡僵硬地說，「對了，能否告訴我你真正的身分？」

「你呢，能嗎？」

他看到那人棕色眼睛的眼神快速地變了一下。此人絕非易與之輩。

史魯卡伸手從內袋取出皮夾，快速、草率地打開。馬丁·貝克懶得看，只亮出自己別在鑰匙圈上的服務徽章。

「你那個不是什麼有效證件，」史魯卡說，「在我國，玩具店裡就能買到各種不同的徽章。」

這話並非全無道理。馬丁·貝克覺得不值得為此爭辯，便把證件拿出來給他看。

「我的護照在櫃台。」

那人仔細研究證件許久，之後，他在歸還證件時問道：「你打算停留多久？」

「我的簽證到這個月底。」

自他們談話以來，史魯卡第一次露出笑容。那笑容絕非出自真心，這笑容的意義也不難理解。這匈牙利人喝掉最後一口咖啡，扣上西裝外套的釦子說：

「我可以阻止你，但我無意這麼做。就我所知，你的活動大多屬於私人性質。我假設你往後仍是如此，不會危及大眾利益或傷害到一般民眾。」

「當然，你可以繼續跟蹤我到永遠。」

史魯卡沒有回答。他的眼神冰冷，帶有敵意。

「你覺得，你到底在辦什麼？」他問。

「你呢？你怎麼想？」

「我不知道，什麼事都沒發生。」

「只不過有個人失蹤了。」

「誰說的？」

「我說的。」

「那樣的話，你應該去向當局報案，要求按一般程序查案。」史魯卡頑固地說。

馬丁·貝克的手指在桌上敲著。

「那人失蹤了——這點無庸置疑。」

史魯卡顯然準備要離開了。他在安樂椅上坐得筆直，右手擱在扶手上。

「據我了解，你這麼說的真正意思是——這旅館的人過去兩週都沒見到這個當事者。但是他擁有有效的居留證，可以在我國境內自由旅行。目前我國有數十萬名觀光客，許多人夜宿在帳蓬或車子裡。這人可能在塞革德或德布勒森，也有可能跑到巴拉頓湖游泳度假去了。」

「阿爾夫．麥森不是來這裡游泳的。」

「是嗎？但他拿的是觀光簽證。他為何會——根據你的說法——失蹤不見？他有沒有訂回程機票？」

最後一個問題倒是值得考慮。此人的說話方式顯示他其實早已知道答案。史魯卡站起來。

「等等，」馬丁．貝克說，「我想再問你一個問題。」

「請說。你想知道什麼？」

「阿爾夫．麥森離開旅館時，一併帶走了房間鑰匙。隔天，鑰匙卻由一位穿制服的警察拿來還。那警察是在哪裡拿到鑰匙的？」

史魯卡直直看著他至少有十五秒之久，然後說：「很不幸，我無法回答這個問題。再見。」

他快速地走過休息區，在衣帽間櫃台停了一下，拿回他那頂附有羽毛的灰棕色帽子。他拿著帽子，若有所思地站了一會兒，然後轉身走回馬丁．貝克的桌旁。

「這是你的護照。」

「謝謝。」

「它不像你說的放在櫃台，你記錯了。」

「是的。」馬丁·貝克說。

他覺得這人的行為讓人不悅，連頭都懶得抬起來看他。但史魯卡繼續站在他旁邊。

「你覺得這裡的食物如何？」

「很好。」

「很高興聽你這麼說。」

他這話似乎出於真心，馬丁·貝克抬起頭來看他。

「你要知道，」史魯卡解釋道，「我們這裡不像你們國家或倫敦、紐約那樣，現在已經沒什麼戲劇性或刺激的事發生了。」

把這些國家編成一組，令人有點不知所措。

「那些東西我們以前早就受夠了，」史魯卡神情嚴肅，「現在只想要安穩、和平。我們感興趣的是別的東西，譬如食物。我自己今天早餐就吃了四片肥滋滋的培根及兩顆煎蛋，中餐吃魚湯、油炸麵衣鯉魚，還有維也納蘋果捲當甜點。」

他停下來，深思地說：「當然，小孩子不喜歡肥的培根。他們上學前通常喝可可，吃抹奶油的甜麵包。」

「嗯。」

「對，我今晚要吃炸小牛肉排，配米飯跟紅椒醬，很不錯。對了，你試過這裡的魚湯沒？」

「沒有。」

其實，他抵達當晚就嚐過魚湯了，但他實在不解，那和眼前這位匈牙利警察有什麼關係。

「你一定得試試，非常棒。但馬提雅的更好，馬提雅離這裡很近，你應該找時間去一趟，像大多數觀光客那樣。」

「嗯哼。」

「不過我可以向你保證，我知道有個地方的魚湯還更棒，全布達佩斯最好的，是在拉猶街的一間小店。能找到那裡的觀光客不多。這樣的好湯只有到塞革德才吃得到。」

「嗯。」

講到美食，史魯卡顯然快活起來。他看著錶，似乎在整理思緒，或許正想著他的炸牛排。

「你有撥空逛逛布達佩斯嗎？」

「稍微逛過，這是一座美麗的城市。」

「是啊，很美麗不是嗎？你有沒有去過帕拉提努斯浴場？」

「沒有。」

「那裡很值得一遊。我自己打算明天去一趟，也許我們可以一起去。」

「有何不可？」

「很好。那麼，明天下午兩點我在入口外頭等你。」

「再見。」

馬丁・貝克繼續坐了一會兒，思考著。這些談話令人不快，而且不安。史魯卡最後態度驟變不僅沒讓他改變這種印象，反而更叫他覺得有什麼不對勁；同時，他的無力感似乎益發明顯。

十一點半左右，廳裡及用餐區開始變得空空盪盪，馬丁・貝克於是回房。他脫掉衣服，在敞開的窗邊站了一會兒，呼吸溫暖的夜間空氣。一艘明輪船滑過河面，綠色、紅色及黃色的燈光將它照得通明。人們在船尾甲板上跳舞，音樂聲越過河面，斷續地傳入耳中。

有幾個人仍坐在旅館前的桌位。其中一位深色鬈髮、年約三十多的高個兒男子，面前擺著一杯啤酒，他顯然回家換過衣服，藍色西裝已換成淺灰色。

他關上窗戶，上床睡覺。一片漆黑中，他想著，這裡的警察對阿爾夫・麥森或許沒什麼興趣，但他們對馬丁・貝克還真是好奇。

他躺了很久才睡著。

13.

馬丁．貝克在旅館前石欄的陰影下坐著，吃著很晚的早餐。這是他在布達佩斯的第三天，天氣顯然會跟前兩天一樣，暖和美麗。

早餐的用餐時間已快結束，只剩下他和一對靜靜坐在幾張桌子之外的老夫妻。許多人走在街上或步下碼頭，大多是帶著小孩或推著像白色小坦克車般、低矮流線型嬰兒車的媽媽們。

沒看到高大、黝黑、帶著棍子的男子，但這不表示他已不再受到監視。警察機構很龐大，一定會有人換班。

一個侍者過來清理桌子。

「早餐不好吃嗎？」侍者以德語問道。

他看著馬丁．貝克完全沒動的義大利臘腸，表情看來不太開心。

馬丁．貝克向他保證說早餐非常好。等侍者離去後，他拿出一張從旅館報攤買來的風景明信片。圖片是一艘往多瑙河上游駛去的明輪船，背景有橋；報攤小姐已為他貼好郵票。他想了一下，好決定到底該把卡片寄給誰；接著寫上收信者的姓名住址：「甘納・艾柏格，莫塔拉市警局」。他在卡片上簡單寫下幾句問候語，將卡片放回口袋。

他跟艾柏格相識於兩年前的夏天，當時在莫塔拉的古塔運河發現一具女屍。他們在一起辦案的那六個月裡成為好友，從此便不時保持聯繫。當時，他將調查及追捕嫌犯的工作都當成自己切身之事。鞭策他接連數月只專注於該案，孜孜不倦、直到破案為止的，可不是只有他的警察精神而已。

但現在，在布達佩斯，他卻得用盡力氣，才能喚起自己對手上這件案子的些許興趣。

馬丁・貝克坐在那兒，覺得自己無用又愚蠢。在跟史魯卡會面前還有好幾個小時的自由時間，而他想得到、唯一有建設性的事，卻是把寫給艾柏格的卡片投進郵筒。一想到史魯卡問自己是否查過麥森有沒有訂回程票（竟然比他先想到！），他就非常惱火。他拿出地圖，找到航空公司在旅館附近的廣場上設立的分處。於是他起身走過餐廳和前廳，將明信片放進旅館入口外頭的紅色郵箱，然後朝鬧區走去。

這是一座大廣場，有許多店鋪、旅行社，交通繁忙。許多人已經坐在人行道上的小桌旁喝著咖啡。他看到咖啡店對面有座通往地下的樓梯，旁邊的標語寫著他看不懂的匈牙利文「Földalatti」，他猜想那也許是「廁所」之意。馬丁・貝克覺得又熱又濕黏，於是決定在前往航空公司辦事處之前，先下去梳洗一下。他斜穿過馬路，跟在兩位拿著公事包的男士後面，往地下走。

他走進一個自己生平見過最小的地下鐵道。月台上有一個圍著玻璃、漆有綠白二色的木造小販賣亭，低矮的屋頂用裝飾性的鑄鐵柱支撐。火車已經停在鐵軌上，看起來不像是有效率的交通工具，反而更像遊樂場裡那種侏儒尺寸的火車。他這下才想起來，這是全歐洲最古老的地下鐵。

他付了錢，由販賣亭取過車票，就踏進那漆得發亮的小木車廂。這輛車有可能和法蘭斯·約瑟夫皇帝在上個世紀這條路線剛開通時所乘的是同一輛。車子在關門前，已在鐵道上短暫停留，啟動時，車裡已擠滿了人。

車廂中間小小的站立空間站著三男一女，是聾啞人士，四個人以手語熱烈交談。當火車第三次停下時，他們邊下車，還邊熱切地比著手勢。當乘客再度填滿車廂之前，馬丁·貝克注意到車廂另一段坐著一名男子，臉別向一邊，刻意在避開他。

那人曬得很黑，馬丁·貝克一眼就認出他是誰。他現在沒穿灰西裝，而是換上一件領口敞開的綠襯衫；前幾天削個不停的那根木棍，可能已經被他削光了。

火車突然衝出隧道，慢了下來，開到一座綠色公園。公園有座大泳池，在陽光下閃閃發光。車子隨後停下，所有乘客全都下車，這裡顯然是這條路線的終點站。

馬丁・貝克是最後步出車廂的人。他環目四顧，尋找那個黝黑的男子，但人已不見蹤影。

通往公園的道路相當寬廣，公園看起來也涼爽誘人，但馬丁・貝克決定不再繼續探險。他看看月台上的時刻表，發現公園和他上車的廣場之間只有這一條線在跑。火車十五分鐘後會回來。

他在十一點半時走進馬勒夫航空公司的辦公室。櫃台後方的五位小姐都正忙著接待顧客，所以他就坐在靠街的窗邊等待。

從公園回來的路上，他沒發現那名鬈髮男，但仍假設他就在附近。不知待會兒他和史魯卡會面時，這人會不會繼續跟蹤他。

櫃台空出來一個位子，馬丁・貝克走過去，坐了下來。櫃台小姐的黑髮在前額捲成很複雜的花樣，她看起來十分有效率，正抽著一根紅色濾嘴的香菸。

馬丁・貝克開始執行此行任務。一位名叫阿爾夫・麥森的瑞典記者，在七月二十三日之後，是否曾訂下前往斯德哥爾摩或其他地方的機票？

那位小姐請他抽根菸，然後開始翻閱她的文件。過了一會兒，她拿起電話，跟某人說話，搖搖頭，然後走過去跟另一位同事說話。

等五個人都翻過各自的名單，已是十二點之後。那位鬈髮小姐告訴他，沒有名叫阿爾夫・麥森的人訂過任何離開布達佩斯的機票。

馬丁．貝克決定不吃午餐，直接回房。他打開窗戶，看著在下面用餐的客人，卻沒看到穿綠襯衫的高個兒。

有張桌子坐著六名三十歲左右的男子，正在喝啤酒。他突然想到一件事，於是走到電話旁，跟總機說要打電話到斯德哥爾摩，接著就躺到床上等候。

十五分鐘後，電話響了，他聽到柯柏的聲音。

「嗨，事情怎麼樣？」

「很糟糕。」

「你找到那個叫Bökk的女生沒有？」

「找到了，但根本沒什麼。她甚至連他是誰都不知道，旁邊還站著一個金髮肌肉男，對她上下其手。」

「所以不過是吹破一堆牛皮罷了？據他那群狐朋狗黨所說，他這個人很愛吹牛。」

「你忙不忙？」

「不忙。要的話，我可以再去挖挖看。」

「你可以幫我做一件事。找出常去塘卡餐廳那些人的姓名，還有，他們都是些什麼人等等。可以嗎？」

「成。還有別的事嗎？」

「小心點，別忘了，這些人可能都是記者。再見了，我要跟一個叫史魯卡的人去游泳。」

「女生叫那個名字太遜了。馬丁，聽著，你有查過他是不是訂了回程的機票嗎？」

「再見！」馬丁・貝克掛上電話。

他從行李袋裡找出泳褲，用旅館的毛巾將之捲好，走向船塢。

那艘船叫歐布達，是那種討人厭、有頂蓋的船。但他快遲到了，而這種船又比燃煤船快。

他在瑪格麗特島的一間大旅館下方下船，順著路往島嶼中心走去。他在樹蔭底下沿著青翠繁茂的綠草地快走。

史魯卡站在入口外面等他，手裡提著公事包，穿著跟昨天一模一樣。

「抱歉讓你久候。」馬丁・貝克說。

「我也才剛到。」史魯卡回道。

他們付過錢後就進入更衣室，一個穿著白色內衣的禿頭老人向史魯卡打招呼，打開兩個上鎖的儲物櫃。史魯卡從公事包裡拿出黑色泳褲，迅速褪去身上衣物，然後很仔細地將衣服一一掛在衣架上。馬丁・貝克需要脫掉的衣服比他少很多，但兩人卻同時穿上泳褲。

史魯卡拿起公事包，帶頭走出更衣室。馬丁・貝克拿著捲起的毛巾，跟在後頭。

這地方充滿曬得黝黑的人群。一出更衣室，眼前就是一座圓形泳池，池中的噴泉不斷噴出高高的水柱，尖叫的小孩在瀑布下跑進跑出。噴水池一旁有一座較小的池子，池子一端有階梯通往水裡。另一旁是一座充滿清澈綠水的大泳池，越往中間，池水顏色也越深；池裡擠滿前來游泳及戲水的人，不分老少。池子與草地之間的區域鋪著石板。

馬丁．貝克跟著史魯卡沿大池邊緣行走。在他們前面再過去的地方，可以看到一個半圓形的拱廊。史魯卡顯然是要去那裡。

擴音器傳來大聲宣布某種消息的聲音，一大群人開始朝那個有階梯的池子奔去。馬丁．貝克差點被撞倒，於是他學著史魯卡，站到路旁，等這陣人潮過去。他詢問地看著史魯卡，後者回答道：

「浪泳。」

馬丁．貝克看到那個小池很快就擠滿人，到後來，簡直像沙丁魚一樣擁擠。兩個大幫浦開始將水颼颼地轉向池子高緣，人群隨著高浪晃動，興奮尖叫。

「你要不要去試試乘浪的滋味？」史魯卡問。

馬丁．貝克看著他，他是認真的。

「不了，謝謝。」

「我個人通常是洗硫磺泉，」史魯卡說，「很有舒緩效果。」

泉水由橢圓形水池中間的石堆湧出，那裡水深及膝，池子最遠端則有拱廊遮蔭。池子建得像座迷宮，牆離地十吋高。這些牆成為池中扶手椅的靠背，大家坐在椅中，讓水漫到下巴。

史魯卡走下池子，開始在成排坐著的眾人之間涉水而行，他手裡仍然提著那只公事包。馬丁・貝克懷疑，他是不是太習慣提著它，才忘了將包放下。但他什麼也沒說地步下水池，跟隨史魯卡涉水而行。

水溫相當高，蒸汽帶有硫磺味道。史魯卡走到柱廊處，將公事包放在牆邊，坐進水裡。馬丁・貝克在他身邊坐下。寬闊的石製扶手椅坐起來非常舒服，水面下的扶手約有六吋，做得很寬。

史魯卡把頭靠在後面，閉上雙眼。馬丁・貝克一語不發地看著這些洗浴的客人。在近乎正對面的地方，坐著一位蒼白瘦弱的矮小男子，他抖著一邊的膝蓋，而坐在膝上的金髮胖女子，身體便隨之彈跳。兩個人都一臉嚴肅，心不在焉地看著一個肚子上圍著泳圈、在他們前面戲水的小女孩。

一個臉上長著雀斑、身穿白色泳褲的蒼白男孩，慢慢地從他面前涉水而過，他輕輕拉著後面一位強壯年輕人的腳拇趾。這名年輕人臉朝上漂浮著，仰望天空，雙手疊在肚子上。

池邊站著一名個子高大、皮膚曬得黝黑的深色鬈髮男子。他的泳褲是淺藍色的，褲管很寬，看來比較像內褲而非泳褲。馬丁．貝克懷疑那的確是一條內褲。或許應該事先警告他說是要來游泳，這樣，這個人才有時間回去拿泳褲。

突然，史魯卡眼睛睜都沒睜地說：「鑰匙就放在警局的台階上，一個巡警發現的。」

馬丁．貝克驚訝地看著史魯卡，他全然放鬆地躺在他旁邊。史魯卡古銅色胸口上的胸毛隨著水流緩緩飄動，在這綠色的池水中看來很像白色的海草。

「鑰匙怎會跑去那裡？」

史魯卡轉過頭，眼皮半閉地看著他。

「你當然不會相信。不過老實說，我也不知道。」

小池子那邊傳來一陣群眾集體發出的失望長叫。這一波浪泳已經結束，大池子再度擠滿人。

「你昨天不想告訴我是在哪裡找到鑰匙，為何現在又說了？」馬丁．貝克問。

「因為你似乎錯誤解讀了大部分的事情，而且你也能從別處取得這條消息，所以我想由我親口告訴你比較好。」

過了一會兒，馬丁．貝克問道：「你為何派人跟蹤我？」

「我不懂你在說什麼？」史魯卡回答。

「你中午吃什麼？」

「魚湯和鯉魚。」史魯卡回答。

「還有蘋果捲？」

「不是，是糖霜野草莓加生奶油。非常好吃。」

馬丁・貝克環目四望，那個穿內褲的男子已經不見了。

「鑰匙是何時找到的？」

「交給旅館的前一天，七月二十三日下午。」

「事實上，也就是阿爾夫・麥森失蹤的同一天。」

史魯卡坐直身體，看著馬丁・貝克。然後他轉身，打開公事包，拿出一條毛巾擦乾雙手，再抽出一份文件夾翻閱。

「事實上，我們做了一點調查，」他說，「儘管我們並未接獲正式的查案要求。」

他從文件夾裡抽出一張紙，「關於此事，你內心認為的似乎比你表現出來的還嚴重。這個阿爾夫・麥森是個重要人物嗎？」

「只要他消失的原因無法解釋，對我而言就是嚴重的事。我們認為有充分理由調查他出了什麼事。」

「有什麼事證可指出他可能出事嗎？」

「沒有。但事實上，他失蹤了。」

史魯卡看著他的文件。

「根據出入境管理局的資料，七月二十二日之後，不曾有名為阿爾夫・麥森的瑞典公民離境。事實上，他將護照留在旅館，那麼，幾乎不可能出境。而且在這段時間內，也沒有任何叫這個名字的人、或任何無名氏被送往我國任何一家醫院或停屍間。如果沒有護照，我國任何一間醫院都不能接受麥森入院。因此，所有跡象都指出，你的同胞為了某種理由，決定在匈牙利多待一段時間。」

史魯卡將文件放回文件夾，闔上公事包。

「這個人以前來過。也許交了一些朋友，現在就住在他們那裡。」他繼續說著，又坐了下來。

「但我們無法合理解釋，為何他就這樣離開旅館，沒讓任何人知道他去哪裡。」馬丁・貝克質疑道。

史魯卡站起來，拿起公事包。

「只要他的簽證仍有效，我就不能——如同我說過的，對這件事採取進一步行動。」

馬丁・貝克也站起來。

「你繼續待在這兒吧，」史魯卡說，「很抱歉我得先走一步，不過，我們也許會再碰面。再見。」

他們握手道別，馬丁・貝克目送他提著公事包涉水離去。從外表實在看不出，他早餐會吃上四片肥滋滋的培根。

史魯卡消失後，馬丁・貝克轉到大池去。熱水及硫磺味令他頭昏，他在清澈的冷水中游了一會兒，然後坐在池邊，讓陽光將自己曬乾。好半晌，他就看著兩位死氣沉沉的中年人在池子水淺的那端互相拋接一顆紅球。

然後他進去更衣。他覺得挫敗且困惑，在和史魯卡會面後，也沒有釐清任何事情。

14.

水浴過後，炎熱的天氣似乎不再那麼難耐。馬丁・貝克覺得沒必要浪費力氣，他沿著寬闊公園裡的路徑漫步，不時停下來四處觀望。沒有看到跟蹤他的黑影。或許他們終於明白他有多麼無謂，於是決定不再跟蹤。但就另一方面來說，這整個島上滿滿都是人潮，要在當中找出特定人士，尤其當你不知道此人長什麼模樣時，根本極其困難。他往島的東邊走，一直走到水岸，然後沿著岸邊走到一座船塢，他搭過的船全都駛進這裡。馬丁・貝克甚至已經記住這個船塢的名字——「賭場」。

船塢上，沿著岸邊立有幾排長凳，有幾個人坐在那裡等船。其中一位是他在布達佩斯少數認得的人：那位住在新佩斯、容易受驚的女孩。愛莉・波耶克戴著墨鏡，穿著涼鞋及白色肩帶洋裝，正在讀一本德文平裝本小說，身邊放著尼龍繩袋。馬丁・貝克本想逕直走過去不理她，但旋即反悔，於是停下腳步說：「午安。」

她抬起頭，茫然地看著他，隨後似乎認出他來，露出微笑。

「噢，是你啊。找到你的朋友沒？」

「沒有，還沒有。」

「昨天你離開後我一直在想，我實在不明白，他怎麼會給你我的住址。」

「我也不明白。」

「我昨晚也一直在想，」她皺著眉，「幾乎睡不著。」

「是，真是奇怪。」

（一點也不奇怪，親愛的女孩，這事情其實有個再簡單不過的解釋。譬如，他沒有給我任何住址。再者，事情也可能是這樣：你到斯德哥爾摩參賽時被他看到，他想，這女孩真漂亮，我想要——是的，就是這樣。接著，當他六個月後來這裡時，他查到你的地址，卻沒時間過去。）

「你要不要坐下來？今天實在太熱了，不適合站著。」

她挪開尼龍網袋後，他坐了下來。網袋裡有兩件他熟悉的東西：深藍色的泳裝和綠色的橡膠潛水面罩，此外，還有一條捲起來的毛巾和一瓶防曬油。

（馬丁・貝克，天生的警探及著名的觀察者，老是不停地做些無謂的觀察，將觀察所得貯藏在腦海一角，以備日後之用。他的腦筋沒問題，只是裡邊垃圾太多，問題反而進不來。）

「你也在等船嗎？」

「對，」他答道，「不過我們的方向可能不同。」

「我沒什麼特別要做的事，本來想回家了。」

「你剛才去游泳嗎？」

（推論法的藝術。）

「當然。你幹嘛問這個？」

（呃，問得好。）

「你今天跟男朋友在做什麼？」

（那關我屁事？噢，這不過是一種訊問技巧罷了。）

「特茲嗎？他走了，而且他不是我男朋友。」

「哦，不是嗎？」

（極端精神層面的友誼。）

「他不過是我認識的一個男生。他在我們那裡不定期寄宿，人很好。」

她聳聳肩。他看著她的腳，它們仍是短短、寬寬，有直直的腳趾頭。

（馬丁．貝克，廉潔的警探，對女人鞋子尺碼的興趣大過對於乳頭顏色的興趣。）

「嗯，所以你現在要回家了嗎？」

（疲勞轟炸的訣竅。）

「本來是這麼想的。夏天這時候我通常沒什麼特別的事要做。你呢？本來打算做什麼？」

「我不知道。」

（總算說了一句實話。）

「你去過蓋勒特山丘嗎？從解放紀念碑那裡俯瞰這裡的風景？」

「沒有。」

「從那裡可以看到整座城市，好像放在一個盤子上。」

「唔。」

「要不要一起去？搞不好上面還會有點風可吹。」

「有何不可呢？」馬丁・貝克說。

（要永遠保持你的好奇心。）

「那我們就搭現在進來的這艘船，你本來要搭的也是這艘。」

這艘船是「伊飛哥達」，可能與他昨天搭的輪船出於同一款設計，但通風裝置造得不一樣，而且煙囪比較偏向船尾。

他們站在欄杆旁，船迅速滑行河中，朝瑪格麗特橋駛去。正開到橋下的拱門時，她問道：

「對了，你叫什麼名字？」

「馬丁。」

「我叫愛莉。不過你早就知道了，對不對——天曉得你是怎麼知道的。」

他沒有回答這個問題，但過了一會兒卻問道：「這個船名『伊飛哥達』是什麼意思？」

「青年護衛隊某個成員的名字。」

從解放紀念碑眺望的景色不僅如她所形容的，甚至更美。山上甚至還有點微風。他們一直搭到最後一站，著名的蓋勒特飯店。下船後，他們沿著一條以音樂家巴爾托克為名的街道走了一會兒，最後搭上巴士。巴士吃力地緩緩將他們載到山頂。

現在，他們站在紀念碑上方的碉堡胸牆處，整座城市盡收眼底，成千上萬扇的窗子在夕陽照射下閃閃發亮。他們站得很近，近到他能感覺到她在晃動時身體輕輕拂過的觸感。這五天以來，他首度允許自己去想阿爾夫．麥森之外的事。

「我工作的博物館就在那邊，」她說，「夏季時閉館。」

「噢。」

「我還在大學唸書。」

「嗯。」

他們步行下山，沿著彎曲的山路橫過斜坡來到河邊，走過新橋，發現已經很接近他住的旅館了。太陽已沉入西北方的山底，河面籠罩著一層柔和而溫暖的薄暮。

「好吧，我們接下來做什麼呢？」愛莉問道。

沿著碼頭散步時，她輕輕挽著他的手臂，一路嬉鬧地晃著身體。

「我們談談阿爾夫・麥森。」馬丁・貝克說。

女人給了他責難的一瞥，下一刻卻帶著微笑說：「好啊，有何不可？他好嗎？你們是交情很好的朋友嗎？」

「不，稱不上什麼朋友。只能說……知道這個人。」

截至目前，他幾乎已經相信她說的都是實話，而領著他找去新佩斯那個地址的模糊想法，結果證明是條錯誤路徑。不過，這倒也不是毫無所獲，他想。

這時，她緊抓住他的手臂，走成之字形，身體直直地搖來晃去。

「那艘船是幹嘛的？」他問。

「它逆流而上做月光之旅，繞過瑪格麗特島再返回，整段航程約一個小時。很便宜，要不要搭搭看？」

他們上了船。沒多久船就開了，在黑暗的河流中平靜地撥水前進。在目前所有的汽船中，就屬明輪船的移動方式最教人愉快。

他們站在舵艙上方，看著河岸滑溜而過。她輕輕依偎著他。馬丁．貝克現在確信了一件稍早便已注意到的事：她在洋裝之下沒有穿胸罩。

後甲板有個小樂團在演奏，一小群人隨著樂音起舞。

「想跳舞嗎？」她問。

「不想。」馬丁．貝克說。

「好吧。反正我也不認為跳舞有多好玩。」

過了一會兒，她說：「不過如果有必要，我也是可以跳的。」

「彼此彼此。」馬丁．貝克說。

船隻經過瑪格麗特島和新佩斯後，無聲無息地回頭順流南下。他們在煙囪前站了一會兒，從敞開的艙口看過去。引擎拍打著安穩而規則的拍子，銅管閃閃發亮。空氣中，帶著油味的暖流迎面拂向他們。

「你以前搭過這艘船嗎？」他問。

「嗯，好多次了。這是在這座城市的酷暑夜裡最棒的活動！」

他不是真的認識這女孩，也不知該如何看待她，而這點最讓他煩躁。

船經過巨大的國會建築——圓頂的正中央如今慎重地擺著一顆小小的紅星——接著，它降低煙囪，好滑過飾有巨大石獅的橋身，而後回到出發時的同一定點停泊。

走下跳板時，馬丁・貝克掃視了碼頭一眼。售票亭旁邊的照明燈下，正杵著那個深色頭髮往後梳的男子；他還是穿著那套藍西裝，正直勾勾地盯著他們。片刻之後，他轉過身，步履迅速地消失在障蔽之後。女人隨著馬丁・貝克的視線望過去，將左手放在他的右掌上，動作突然，而且小心翼翼。

「你有看到那個男人嗎？」他問。

「看到了。」

「你知道他是誰嗎？」

她搖頭。

「不知道。你呢？」

「不知道，還不知道。」

馬丁・貝克這時覺得餓了。他沒吃午餐，而晚餐時間差不多也快過了。

「你願意跟我一道吃飯嗎？」

「去哪？」

「旅館。」

「穿這樣能去嗎？」

「當然。」

他差點加了一句：「我們現在又不在瑞典。」

餐廳裡，以及窗戶外頭的欄杆旁，都還有不少食客。成群的蟲子繞著照明燈飛舞。

「那是小蚋，」她說，「不會咬人。牠們消失的時候，夏天也就結束了。這你知道嗎？」

食物和平常一樣棒，酒也很好。她顯然餓了，以年輕而健康的好胃口大快朵頤，而後靜靜坐著聽音樂。他們邊喝咖啡邊抽菸，還喝了某種帶著巧克力味的櫻桃白蘭地。她往菸灰缸裡按熄香菸，指尖若不經心地拂過他的右手，沒過多久又玩了一次這花招。緊接著，他覺察到她的腳在桌底下纏上了他的腳踝。顯然，她把涼鞋給踢掉了。

半晌之後她挪開手腳，到化妝室去。

馬丁．貝克若有所思地用右手指按摩著髮際，俯身向前，拿起放在身旁椅子上的尼龍網袋。他伸手進去袋內，觸摸解開的泳衣。這衣料徹頭徹尾是乾的，包括接縫和鬆緊帶也是，乾到不可能曾在二十四小時內碰過水。他摺好泳衣，小心翼翼地將網袋放回椅子上，若有所思地咬著指關節。當然，這不必然代表什麼，但他仍然表現得像個白痴。

她回來坐下，對著他微笑，交疊雙腿，燃起另一根菸，聽著維也納的旋律。

「真好聽。」她說。

他點點頭。

餐廳漸漸空了，侍者聚在一起聊天，樂師以《藍色多瑙河》一曲結束今晚的演奏。她看了看時鐘。

「我得回家了。」

他認真地想了一會兒。往上一個樓層有個夜總會型的小酒吧，演奏爵士樂；但他最恨那種場所，只有最不得已的狀況才能將他往裡頭送。也許眼前這個就是了？

「你打算怎麼回家？」他問，「搭船嗎？」

「不，最後一班船已經走了。我搭電車，其實還比較快。」

他又想了一會兒。這個情況單純得有點複雜，然而他並不知道原因所在。

他決定什麼都不說，什麼都不做。筋疲力竭的樂師們鞠躬退場。她又看看時鐘。

「我得走了。」她說。

晚班服務生在門廳裡對著他們鞠躬，門房恭敬地將他們送出旋轉門外。

他們站在四下無人的人行道上，夜色溫暖。她小小地踏了一步面對他，右腿置於他雙腿間，踮起腳尖吻了他。透過洋裝布料，他清楚感覺到她的胸、腹、腰與大腿。她幾乎搆不到他的唇。

「噢，老天，你好高啊。」她說。

她靈活地挪動一下，再度穩穩地站回地面，離他的身子約一吋左右。

「謝謝你所做的一切，」她說，「希望很快能再見。」

她邊走邊回過頭來揮著右手，裝著泳衣的袋子在她左腿上晃盪。

「再見。」馬丁・貝克說。

他回到門廳取了鑰匙，回到房間。屋裡悶熱，他立刻打開窗子，脫去衣服和鞋子，走進浴室以冷水潑臉和胸膛。他覺得自己從沒這麼蠢過。

「我一定是徹底瘋了，」他自言自語，「沒讓人看到算我運氣好。」

就在此時，有人輕輕敲了敲門。門把向下彎，她緊接著走了進來。

「我溜進來的，」她說，「沒人看到。」

她迅速無聲地關上身後的門，往房裡走了兩步，將袋子扔在地上，而後脫去涼鞋。他凝視著她。她的眼神變得迷濛，彷彿罩著一層薄紗。她交叉雙臂彎下腰，抓著洋裝的裙襬，飛快地一把脫掉。洋裝底下未著寸縷，這倒不怎麼教人意外。她顯然都穿同一套泳裝做日光浴，因為橫過她胸部及臀部的，是與其餘深棕色肌膚部分截然不同的粉白色區塊。她的胸部光滑、雪白而渾圓，乳頭大而粉紅，呈圓柱形，像是固定的浮筒。黑得發亮、從私處往上蔓生的毛髮也是個分明的區塊：一塊刻印的三角形，大幅占據著一條長方形的白色肌膚。那毛髮鬈曲、濃厚而僵硬，彷彿燙過；乳頭周圍是淡棕色的圓形。她看起來就像一個以五顏六色幾何形狀堆出來的老男人。

馬丁・貝克在風化組令人沮喪的那幾年裡所受的訓練，早已讓他練就能對這類的撥撩無動於衷。雖然在這當下，「撥撩」也許算不上是正確的說法，但比起半個小時前在餐廳裡感受到的煩躁，他仍然覺得，要應付眼前這情況還容易許多。在她還沒來得及將衣服拉過頭頂之前，他一手按上她的肩膀，說道：

「等一等。」

她將衣服拉低了一些，棕色眼睛呆滯地隔著裙緣看著他，眼神既無反應而且也不解。她的左臂已經從衣服裡掙脫出來了，她伸出手抓著他的手，慢慢引至自己雙腿之間。她的私處已然腫脹、敞開，愛液也沿著他手指流了下來。

「探探看。」她說，無助且置一切於度外地望著他。

馬丁・貝克掙開她，伸手打開面對旅館走廊的那扇門，用硬梆梆的德語說：

「請您把衣服穿上。」

她呆愣了好一會兒，不知所措地站著，如同他日前在新佩斯敲開她的房門那一刻。然後，她照他所說的做了。

他穿上自己的襯衫和鞋子，拾起她的袋子，輕抓著她的手臂領她下樓到大廳。

「叫輛計程車來。」他對晚班侍者說。

車子幾乎立刻就到了。他打開車門，正打算扶她上車時，她猛力甩開他。

「車錢我出。」他說。

她白了他一眼。那層霧般的薄紗已然消失，病人已經復原。如今她的雙眼清澈幽暗，充滿憎惡。

「鬼才會讓你付錢，開車！」

她砰地甩上車門，車子疾馳而去。

馬丁．貝克環顧四周，時間早已過了午夜。他往南走了一會兒，登上新橋，除了少數幾班夜間電車外，這裡也是空無人跡。他在橋的中段停下，倚著欄杆，俯望靜靜流過的河水。這裡溫暖、空曠而寧靜，非常適合思考——如果知道自己要思考什麼的話。片刻之後，他回到旅館，愛莉．波耶克掉了一支紅色濾嘴的香菸在地板上。他拾起來點燃。那味道很不討喜，他隨即將菸丟出窗外。

15.

電話響起時，馬丁．貝克正躺在浴缸裡。

他睡得太晚，錯過了早餐，於是在午飯前先到碼頭走走。太陽毒辣，就連河邊也沒有一絲微風。回到旅館後，他渴望洗澡更甚於吃飯，便決定晚點再吃午餐。現在他正躺在溫水裡，電話卻急急響起。

他爬出浴缸，披上一條大浴巾，拿起聽筒。

「貝克先生嗎？」

「是的？」

「請原諒我沒有用職銜稱呼你。你一定了解，這純粹是——呃，這麼說好了，以防萬一。」

說話的是大使館那位年輕人。馬丁．貝克心想，不知這以防萬一的手段防的是誰，因為旅館人員和史魯卡都知道他是警察，但他只回答：

「當然。」

「事情辦得如何？有進展嗎？」

馬丁·貝克讓浴巾滑落，坐到床上。

「沒有。」

「一點線索都沒有？」

「沒有，」馬丁·貝克沉默了一下，接著說，「我和本地警方談過話了。」

「我認為此舉非常不智。」大使館的人說。

「有可能，」馬丁·貝克說，「但我躲不了。有個叫維摩斯·史魯卡的先生來拜訪我。」

「史魯卡少校。他有何目的？」

「沒什麼。他告訴我的，可能與他對你所說的差不多。那就是，他沒有理由接手此案。」

「我了解。你現在想做什麼？」

「吃點午餐。」馬丁·貝克說。

「我是說，有關我們討論的事。」

「我不知道。」

又是一陣沉默，年輕人接著說：「好吧，要是有什麼事，你知道打到哪裡。」

「是。」

「那麼，再見了。」

「再見。」

馬丁．貝克放下聽筒，放掉浴缸水，穿上衣服，下樓坐到餐廳外的帆布篷下點用午餐。即使在帆布篷下，依然熱得讓人難受。他慢慢地用餐，大口喝著冰啤酒，有種被監視的不舒服感。雖然沒見到那個高大的黑髮男子，但還是覺得有人在監視他。

他看了看周遭，不就是平常來吃午餐的客人——大部分是像他這樣的外國人，而且多是旅館房客。他也聽到各式談話的片段，主要是德語和匈牙利語，但也有英語和他聽不懂的語言。

忽然，他聽到背後有人清清楚楚地用瑞典語說出「脆皮麵包」四個字。他回過頭，看到兩名婦女，絕對是瑞典人，就坐在餐廳窗戶旁。

他聽見其中一人說：「是呀，我都隨身帶一些。還有衛生紙，就算買得到，外國貨的品質通常也很差。」

「對，記得有一次我在西班牙……」另一名婦女說。

馬丁．貝克不想繼續聽這種標準的瑞典式對話。他集中注意力，試圖判斷周遭有哪個人是黑髮男子的變身。有好一陣子，他懷疑一個中老年男子——他背對著他坐在不遠處，不停回頭朝他的方向看。但後來男子起身，抱下一隻毛絨絨的小狗。小狗坐在他的膝蓋上，被擋住了。然後老人和小狗一同消失在旅館轉角處。

馬丁・貝克吃過飯，喝過濃咖啡後，整個下午已經去了大半。天氣熱得要命，但他還是往市區走，試著走在陰影下。他發現，警察局和旅館只隔幾條街，很容易找。警局台階上——照史魯卡的說法，就是發現鑰匙處——站著一名身穿灰藍色制服的巡警，他正在擦拭額頭上的汗。

馬丁・貝克繞了警局一圈，然後走另一條路線回去。他一直有種被人跟監的不快感，這對他來說是個全新體驗。他在二十三年的警職生涯裡，監視、跟蹤嫌犯的經驗不計其數，直到現在，他才了解被人跟蹤的感覺——全程被觀察監視，每個動作都被記錄下來，不論何時都有人躲在附近、亦步亦趨的感覺。

馬丁・貝克回到涼爽的房間，當天就沒再出門。他坐在桌前，面前放著一張紙，手握著筆，想把他所知的阿爾夫・麥森案整理出一個頭緒。

最後，他將紙撕成碎片，沖進馬桶。他知道的資料就只有這麼一點，將之寫下來似乎很愚蠢，他根本不費力氣就能全部記住。馬丁・貝克心想，他所知的資訊其實不過就只有蝦腦那麼一丁點。

西下的夕陽染紅了河水，短暫的黃昏無聲無息地轉為絲絨般的暗夜。入夜後，第一絲涼風從對岸的山邊吹了過來。

馬丁·貝克站在窗前，看著向晚微風將河水吹得漣漪陣陣。在他窗下的樹旁站著一個男人，正點起一根菸。馬丁·貝克直覺自己認得那個高大黝黑的男子。從某方面來說，看到他在那兒，反而讓他鬆了一口氣。他不再有那種人就藏身附近、隱隱約約的毛骨悚然感。

他穿上西裝，下樓到餐廳吃飯。他盡量慢慢吃，還喝了兩杯巴拉克酒才上樓回房。傍晚的微風已經消失，黑色的河水閃閃發光，房間內外的暑氣同樣令人窒息。

馬丁·貝克讓窗戶及百葉窗開著，拉上窗簾，然後脫下衣服，爬上那張嘎吱作響的床。

16.

真正的酷熱幾乎總在日落後，才變得更加讓人難以忍受；有經驗的人都知道這種慣性，因此都會關上窗戶、百葉窗及窗簾。但馬丁・貝克就跟多數的斯堪地那維亞人一樣，缺乏這種本能。他拉上窗簾，窗戶卻洞開。他在黑暗中躺在床上，等待涼風，但涼風從未吹來。他點亮床頭燈，試著讀點東西，這招也不太管用。不過，他在浴室裡倒是有一盒安眠藥，但他不太願意用這種方法入睡。這一天過得一事無成，因此明天得更警醒些，設法有番成果。如果服用安眠藥，明早他會神志不清地走來走去。這是他的經驗談。

他起床，坐在敞開的窗戶旁。感覺沒什麼不同，一絲微風也沒有，甚至連匈牙利大草原——天曉得那是哪裡——傳來的熱風也沒有。整座城市就像呼吸困難似地，熱得昏迷不醒了。過了一會兒，一輛孤獨的黃色電車出現在河對岸，緩緩駛過伊莉莎白大橋，車輪磨擦軌道的回音在橋下越來越響，直到過了河。即使相隔甚遠，他仍能看見車子是空的。二十三個小時前，他就站在橋上的同一個地方，回想著他與一個來自新佩斯的女人那番不尋常的邂逅。那個地方還算不錯。

他穿上襯衫長褲走出旅館。行李服務生的櫃台空無一人。街上有一輛綠色的史庫達車正發動引擎，不情不願地慢慢轉過角落。車中的情侶全世界都一個樣。他沿著碼頭邊緣走，經過幾艘沉睡的船，再繞過匈牙利詩人裴多菲*的雕像，來到橋上。這裡靜謐無人，就跟前天晚上一樣，而且燈光明亮，與市內多數的街道相反。他再次在橋中央駐足，手肘倚著欄杆，凝視橋下的流水。一條拖船由下方無聲無息地滑過河面，後頭拖著四艘兩兩綁在一起的貨船。熄了燈的船，不過是比夜色更黑的暗影。

他繼續走了幾碼，聽到自己的腳步聲在安靜的橋上某處發出輕微回音。再走遠些，又聽到了回音。這回音聽起來似乎響得太久了。他站著聽了許久，卻沒聽到什麼。他急急走了大約二十碼，突然打住，又聽到了回音，他認為這回音回得太遲，不太像是真的。他盡量安靜地走到橋的另一側，隨即回頭看。一切都很安靜，沒有什麼東西在移動。一輛電車從佩斯的方向駛上橋來，使得他無法進一步觀察。馬丁・貝克繼續走。顯然他有被害妄想症，除了警方，沒有人會有這番精力和資源可在這種深夜時段監視他。這麼一想，大部分的問題就解決了，只是……

馬丁・貝克就快越過蓋勒特山丘下的橋段時，電車嘎嘎地駛過身邊。一名孤單的乘客靠著窗，正張著嘴睡覺。

他走到橋南端通往碼頭的台階，開始往下走。在逐漸遠去的電車嘎嘎聲中，他好似聽到汽車停在附近某處的聲音，卻聽不出是在哪個方向，或距離多遠。

馬丁．貝克來到碼頭，安靜、迅速地往南走，離開橋的方向，在最幽暗的地方停下來。他轉過身，靜靜站著傾聽。什麼都看不見，也聽不見。橋上很可能沒有人，但這也無法確定。如果有人從另一邊跟監，應該一下子就會走到橋端，由北邊走下碼頭來。他確信除了自己，沒有人從南邊的台階走下來。

現在聽得到的細微聲音，是從遙遠彼方傳來的交通聲。他四周則是一片死寂。馬丁．貝克在黑暗中露出微笑。現在，他差不多可以相信沒有人跟蹤在後了。不過他覺得這遊戲很有趣，內心深處倒是希望真有某個困惑不已的傢伙，隱身在橋另一邊的暗處。他自己對這一套是徹頭徹尾地再熟悉不過，心知不管另一邊是誰，都不可能冒險由原路回去，亦即過橋再走下南面的台階。橋下沿著碼頭有兩條平行路，內側那條路比碼頭高六呎，在轉彎處變為階梯，斜斜直達河邊。兩條路中間有一堵矮牆，再過去有一條隧道貫穿橋墩。但任何跟蹤者都無法走這些路，如果那人還算在行。只要由橋下通過，跟監者立刻會有被背後照明曝光的危險，因此只有另一方法可行：繞過整個橋墩，穿過幾個入口坡道，盡量從最南邊走下碼頭。但如此一來，此人縱使冒險用跑的，也

＊裴多菲（Petőfi Sándor, 1823—1849）：匈牙利愛國詩人和英雄，自由主義革命者，匈牙利民族文學的奠基者，也是一八四八年匈牙利革命的重要人物。

得花上一陣子，而這段時間內，被跟蹤者——亦即斯德哥爾摩來的馬丁・貝克警探，就有時間隨他高興地往任何一個方向消失無蹤。

既然現在不可能有任何人祕密尾隨在後，因此馬丁・貝克想沿河往北走，再走另一座橋返回旅館，於是他離開暗色掩護的觀察站，輕快地往北走。他走向高於碼頭六呎的內側這條路，經過橋下，繼續沿著石牆走。對岸的旅館黑黑暗暗的，只有他房間的窗戶透出兩束垂直的長方形窄光。他坐在矮牆上，點了根菸。街上整排都是世紀初蓋的同型大房子，房前停著車，所有窗子都熄了燈，拉上百葉窗。馬丁・貝克靜靜坐著，傾聽這一片寂靜。他還是保持戒備，雖然自己並沒有意識到。

馬路對面有輛車子發動引擎，他的眼睛掃過整排停靠的車輛，卻找不出發聲的車輛。引擎慢慢啟動，發出低響，如此大約過了三十秒。

然後，他聽到車子上了檔，停車燈打開。五十碼外有輛車子的暗影駛離路邊，朝他的方向開過來，但是車子在對街，而且速度非常緩慢。那是一輛深綠色的史庫達，馬丁・貝克覺得似乎之前曾在哪兒見過這輛車。車子駛近了。馬丁・貝克坐在牆上不動，定睛看著車子。車子幾乎與他齊高，並且開始左轉，駕駛好像要在路中間迴車。但車子沒完成這個動作。它比先前開得還慢，而且對著他開過來；顯然有人想見他，但方式令人瞠目。這方式不可能是要撞倒他——以這種速度不可能；況且，若是有必要，他馬上就能躲到牆後。再說，對方車裡只有一個人，假如沒人藏在後座的話。

馬丁．貝克熄了菸，他完全不害怕，倒是對接著即將發生的事十分好奇。綠色的史庫達停住了，引擎還開動著，右前輪靠著馬路邊欄，離他只有九呎。司機打開車燈，燈光刺眼得讓他什麼都看不見；但才一下子，燈又熄了。一個男人打開車門，走到馬路上。

燈光雖然讓他眼盲，馬丁．貝克還是一眼就認出這個他見過多次的人——是那個黑髮往後梳的高大男子。此人空著手往前踏出一步，車引擎緩緩地低聲響著。

他覺察到要出事了。四周沒有影子、也沒有聲音，只餘身後的空氣中有細微的動靜，但輕微得只有在寂靜的黑夜中才覺察得到。

馬丁．貝克知道，牆上不再只有他一人。車子是用來轉移他注意力的，好讓另一人能神不知鬼不覺地走下碼頭，爬上他背後的石牆。

他猛地恍然大悟，這並非跟蹤，也不是遊戲，而是要命的認真。更有甚者，他們是要置他於死地，以冷血、精算、預謀的方式。

馬丁．貝克不擅格鬥，但是反應一流。一察覺到輕微的響動就立刻低頭，右腿抬過牆踢出去，同時身子往後翻，所有動作一氣呵成。原本要攻擊喉嚨的那隻手臂只碰到鼻梁和眉毛，然後滑過額頭。他感到一股訝異的熱氣呼在臉頰上，瞥見那點一擊不中的刀鋒抽開了。他往後跌到碼頭上，左肩猛烈地撞在石板地上。他滾了一滾，好爭取時間站起來重獲平衡，如果可能的話。他看到牆上有兩個身形映在星空下，但轉瞬只剩一個。自己還有一膝尚未離地，持刀的那人又殺了過來。他的左臂跌得暫時失去知覺，但有一兩秒的瞬間，光線對他有利，他在低矮的暗處、而敵人在明處。他的攻擊者又失手了，馬丁・貝克設法抓住那人的右腕。他抓得不牢，而且那人的手腕異常粗壯，但他繼續抓著，心知這是他唯一的機會。兩人站了起來，在十分之一秒間，他看見那人個頭比他矮，卻比他壯得多。他不假思索地使出過去在警官學校學到的擒拿術，成功地把對手壓制在地。唯一出差錯的，是他不敢放開敵人持刀的手，以至於自己也被拖了下去。他們滾了一滾，滾到碼頭邊緣下行的台階上。左臂的麻痺感漸漸退去，他抓住那人的另一隻手腕，但是對手比他強壯，逐漸扭脫。他的頭被重重踢了一腳，這提醒了他自己不僅是體力，就連人數都不如對手。他平躺在地上，近得可以用腳碰到台階的第一階。持刀男人對著他的臉大口喘氣，氣息中帶著汗味、刮鬍水味和喉糖味。他的敵人開始奮力地緩緩掙脫他的右腕。

馬丁・貝克心想，一切都完了——幾近一語中的。他眼前金星直冒，心臟似乎不斷膨脹，好像一顆即將爆開的紫色腫瘤，而且頭像打樁機似地砰砰作響。他似乎聽到可怕的吼叫聲、槍聲、刺耳的尖叫聲，然後在一片眩目的白光下，一切都看不見了。他在失去知覺前最後想到的，是他就要死在這個異國城市的碼頭上，就像阿爾夫·麥森可能的遭遇，而且死得不明不白。

卯足最後一絲本能的力氣，馬丁·貝克一面用雙手攫住另一個男人的右腕，一面用腳踢，把他自己和對手踢過碼頭邊緣。他的頭撞上第二級台階，昏了過去。

•

過了好似永無止盡的一紀元之久——總之是很久以後，馬丁·貝克才睜開雙眼。眼前一片白光，他側著頭躺在地上，右耳貼著石子路面。首先映入眼簾、幾乎占據整個視野的，是一雙擦得雪亮的皮鞋。他轉頭往上看去。

史魯卡穿著灰色西裝，頭上仍戴著那頂可笑的獵帽，彎下腰來對他說：

「晚安。」

馬丁·貝克用手肘撐起身體。這一片白光來自兩輛警車，一輛停在碼頭上，另一輛停在上方路面的石牆邊。離史魯卡十呎的地方，站著一名身穿淺灰藍色制服、有簷帽子和黑色皮靴的警察。他右手握著一根黑色警棍，正若有所思地看著一個躺在他腳邊的人。那個人是特茲·拉伯格，也就是在新佩斯那棟房子裡玩弄愛莉·波耶克泳衣的男子。他正不省人事地躺在地上，前額和金髮上沾有血跡。

「另一個，」馬丁・貝克說，「在哪裡？」

「挨子彈了，」史魯卡說，「打在腿上，當然，是精心瞄準的。」

街上有許多家戶都打開窗戶，朝碼頭方向投來好奇的眼光。

「躺好別動，」史魯卡說，「救護車馬上到。」

「不必。」馬丁・貝克開始爬起身。

從他坐在石牆上察覺腦後有動靜到現在，整整是三分十五秒。

17.

警車是一九六二年出廠、藍白相間的「華斯伐瓦」，車頂上有個一閃一閃的藍燈，警笛沿著夜間空曠無人的街道發出柔弱而沉悶的叫聲。前門的白色條飾上漆有大寫的「RENDŐRSÉG」字樣，意思就是警察。

馬丁·貝克在後座，旁邊坐著一名警官。史魯卡在前座司機的右手邊。

「你真行，」史魯卡說，「那兩個年輕人還滿危險的。」

「是誰擺平了拉伯格？」

「你身邊的那位。」史魯卡說。馬丁·貝克轉過頭去看。這位警官唇上有窄窄的黑鬍子，還有一雙眼神深富同情心的褐色眼睛。

「他只會說匈牙利語。」史魯卡說。

「他叫什麼名字？」

「佛提。」

馬丁・貝克伸出手。

「謝謝你，佛提。」他說。

「他得對他們下重手，」史魯卡說，「因為時間緊迫。」

「還好他在附近。」馬丁・貝克說。

「我們通常都在附近，」史魯卡說，「卡通片裡除外。」

「他們在新佩斯有個碰頭的地方，」馬丁・貝克說，「是維內堤那路上一棟寄宿房子。」

「我們知道。」

史魯卡靜靜地坐了一會兒，然後問道：「你怎麼會跟他們搭上線的？」

「因為一個叫波耶克的女人，麥森跟她要過地址。她曾到斯德哥爾摩參加游泳比賽，可能有關係，所以我才去拜訪她。」

「她怎麼說？」

「她說她在上大學，一邊在博物館工作，而且從沒聽過麥森這名字。」

他們來到位於迪菲倫的警察局，車子轉進一座水泥地的院子後停住。馬丁・貝克跟著史魯卡上去他在樓上的辦公室；辦公室很寬敞，牆上掛著一大張布達佩斯地圖。事實上，這讓他想起自己在斯德哥爾摩的辦公室。史魯卡掛好他的獵帽，指著一張椅子，正要開口，電話就響了。他走過去接聽。馬丁．貝克覺得自己好像能聽懂那滔滔不絕的一長串話。電話講了許久，史魯卡有時只簡單應聲回話，過了一會兒，他看看錶，突然不耐地以連珠炮的高聲說了一頓，隨即掛斷。

「我太太。」他說。

他走到地圖前，背對著訪客，仔細研究市區北部。

「當警察，」史魯卡說，「既不是一種職業，也絕非一種才能，而是一種詛咒。」

隨後，他回過身來說：

「我當然不是說真的，只是有時會那樣想罷了。你結婚了嗎？」

「結了。」

「那你自然了解我的意思。」

一名警員端著咖啡杯盤進來。他們喝著咖啡，史魯卡看看錶。

「我們正在搜查那個地方，報告很快就會送到。」

「你們怎會剛好在附近？」馬丁．貝克問。

史魯卡的回答跟坐在警車當時所說的如出一轍。

「我們通常都在附近。」

他笑著說：「你說被人跟蹤就是這回事。跟蹤你的自然不是我們，我們何必跟蹤你？」

馬丁・貝克摸摸鼻子，有點良心發現。

「一般人的想像力都太豐富了，」史魯卡說，「不過你是警察，警察很少會這樣。所以我們開始監視跟蹤你的人，也就是美國人說的『反跟監』，如果我沒記錯的話。今天下午，我們的人看到有兩個人在監視你。他認為情況有點不對，於是發出警報。事情就這麼簡單。」

馬丁・貝克點點頭，史魯卡若有所思地望著他。

「不過事情發生得太快，我們差點來不及趕到。」

他喝完咖啡，放下杯子。

「反跟監……」他說，像是在回味這句話。「你去過美國嗎？」

「沒有。」

「我也沒有。」

「兩年前我跟他們合作辦過一起案子，和一個叫卡夫卡的。」

「這聽起來像捷克名字。」

「有個美國觀光客在瑞典遭人殺害。案情很不堪，調查起來很複雜。」

史魯卡沉默了一陣子，接著忽然說：「最後怎樣？」

「解決了。」馬丁・貝克說。

「我只讀過有關美國警方的事。他們的組織很奇怪，難以理解。」

馬丁・貝克點點頭。

「而且工作量很重。紐約一週內發生的命案，等於我們全國一年的總量。」史魯卡說。

一名肩帶上有兩顆星的警官走進辦公室，與史魯卡討論了一下，並向馬丁・貝克敬個禮後就離開。門開之際，馬丁・貝克看到愛莉・波耶克跟一個女警衛走過門外走道，她還穿著前天那件白洋裝和涼鞋，但肩上披著披肩。她對馬丁・貝克投來空洞、呆板的一瞥。

「新佩斯的事沒那麼重要，」史魯卡說，「我們現在正在拆解車子。等拉伯格清醒、另一個包紮好之後再來對付他們。我還有很多細節沒弄明白。」

他猶疑地沉默下來。

「不過很快就會釐清。」

電話響起，他講了一陣。馬丁・貝克完全聽不懂，除了偶爾出現的Svéd、Svédország等字眼；他知道這些字意指瑞典、瑞典人或瑞典語。史魯卡放下聽筒說：「這一定跟你的同胞、那個麥森有關。」

「是，當然。」

「順便告訴你，那女孩說謊。她既不是大學生，也沒在博物館工作。平常根本游手好閒，而且也因為素行不良而被禁賽。」

「這當中一定有某種關聯。」

「是。不過，關聯會在哪兒？算了，我們看著辦好了。」

史魯卡聳聳肩。馬丁・貝克扭扭自己被摧殘的身體。肩膀痛，手臂也痛，而且頭也很不對勁。他累壞了，無法思考，儘管如此，他還是不想回旅館睡覺。

電話又響起。史魯卡皺眉聽了一陣子，雙眼突然發亮。

「有點眉目了。我們有新發現。那個高個子已經醒過來。順便告訴你，他叫佛呂貝。我們現在去看看。一起去？」

馬丁・貝克站起身。

「或者你寧可休息一下。」

「不用，謝謝。」馬丁・貝克說。

18.

史魯卡坐在桌後，雙手鬆鬆地交握在前，右手肘邊放著一本綠色封皮的護照。

坐在史魯卡對面的高個子臉上有黑眼圈，馬丁·貝克知道，他過去二十四小時內沒睡多少。

他直直地坐在椅子上，低頭看著雙手。

史魯卡對速記員點點頭，開始問話。

那個人抬眼望著史魯卡。

「什麼名字？」

「提歐多·佛呂貝。」

史魯卡：生日？

佛呂貝：一九二六年四月二十一日，漢諾威。

史：你是西德公民，住哪兒？

佛：漢堡，赫曼路十二號。

史：你的職業？

佛：導遊。更正確的說法是旅行社職員。

史：哪家旅行社？

佛：一家叫雲可勒的旅行社。

史：你在布達佩斯的住址？

佛：新佩斯的一間寄宿屋，維內堤那路六號。

史：你為什麼來布達佩斯？

佛：我代表旅行社，服務來往布達佩斯的旅遊團。

史：今晚稍早，你和一名叫特茲・拉伯格的人在河邊碼頭對人進行人身攻擊，當場遭到逮捕。你們兩人都攜有武器，明顯有傷害或謀殺意圖。你認識這個人嗎？

佛：不認識。

史：你之前見過他嗎？

佛：……

史：回答！

佛：沒有。

史：你知道他是誰嗎？

佛：不知道。

史：你不認識他，也從沒見過他，而且不知道他是誰。那你為何攻擊他？

佛：……

史：解釋你為什麼攻擊他！

佛：我們……缺錢，所以……

史：所以？

佛：所以，當我們看到他在碼頭上——

史：你在說謊。不要騙人，沒用的。你們計劃攻擊他，而且帶有行凶工具。還有，你謊稱從沒見過他，但這兩天來卻一直在跟蹤他。為什麼？回答我！

佛：我們以為他是別人。

史：哪個別人？

佛：某個……

史：誰？

佛：某個欠我們錢的人。

史：所以你尾隨、而且攻擊他？

佛：對。

史：我已經警告過你一次，撒謊極其愚蠢，我很清楚你何時在說謊。你認識一個叫阿爾夫・麥森的瑞典人嗎？

佛：不認識。

史：你的朋友拉伯格和波耶克已經說你認識他。

佛：我對這個人只是略有所知，但不記得他叫什麼名字。

史：你最後一次見到他是在何時？

佛：五月，我想是五月。

史：在哪裡見到？

佛：這裡，就在布達佩斯。

史：之後你就沒再見過他？

佛：沒有。

史：三天前，這個人到你的寄宿處打探阿爾夫・麥森的消息。從此你就一直跟蹤他，今晚還企圖殺害他，為什麼？

佛：不是殺他！

史：為什麼？

佛：我們沒有要殺他！

史：但是你攻擊他，對吧？而且你手上有刀。

佛：對，但那是個誤會。他又沒怎麼樣，不是嗎？他沒受傷，對吧？你沒有權利這樣質問我。

史：你認識阿爾夫・麥森多久了？

佛：大約一年。我記不清楚了。

史：你們怎麼認識的？

佛：在布達佩斯一個共同朋友的家裡。

史：你朋友的名字叫什麼？

佛：愛莉・波耶克。

史：認識後你見過他好幾次嗎？

佛：有幾次，不多。

史：你們一向在布達佩斯這裡碰面？

佛：也會在布拉格碰面，還有華沙。
史：還有布拉第斯拉瓦。
佛：是的。
史：還有康士坦察。
佛：……
史：是不是？
佛：是。
史：怎麼回事，你們都在非居住地的城市碰面？
佛：我到處旅行，那是我的工作，他也是到處旅行，結果我們就碰面了。
史：你們為何碰面？
佛：就見面啊，我們是好朋友。
史：現在你倒是說你們一年來至少在五個不同城市碰過面，因為你們是好朋友。但你剛才還說只是稍有認識。你為什麼不承認認識他？
佛：我坐在這裡被你偵訊，很緊張，而且非常累，腿也痛。
史：哦，是啊，你的確非常累。你在不同的地方和阿爾夫・麥森碰面時，拉伯格也在嗎？

佛：對。我們在同一家旅行社工作，一同旅行。

史：你想想，拉伯格為什麼也不願馬上承認自己認識阿爾夫．麥森？也許他也非常累？

佛：那我就不清楚了。

史：你知道阿爾夫．麥森目前人在哪裡嗎？

佛：不知道，完全不知道。

史：你要我告訴你嗎？

佛：好。

史：但我不打算告訴你。你在這家雲可勒旅行社工作多久了？

佛：六年。

史：待遇好嗎？

佛：不特別好。不過出差時一切費用全免，食物、住宿、交通那些的。

史：但薪水不高？

佛：不高，但我還過得去。

史：似乎是如此，你的錢很夠你過得去。

佛：什麼意思？

史：事實上，你有一千五百元美金，八百三十英鎊和一萬馬克。這麼多錢，你是打哪兒弄來的？

佛：這不關你的事。

史：回答我的問題。還有，不准用那種口氣說話。

佛：我的錢從哪兒來與你無關。

史：看來，你的聰明程度還不及我想像中的一半。即便用最低的腦力去想，你也應該知道最好回答我的提問。說，你的錢從哪裡來？

佛：我接了副業，很久才賺到的。

史：什麼樣的副業？

佛：不同的工作。

史魯卡看著佛呂貝，打開抽屜。他從抽屜內取出一個包著塑膠膜的包裹，包裹大約八吋長、四吋寬，以膠帶緊緊紮著。史魯卡把包裹放在佛呂貝和他之間，視線一直沒離開過佛呂貝。佛呂貝的目光閃爍，一直不看包裹。史魯卡盯著他瞧，佛呂貝擦掉鼻子四周直冒的小汗珠。史魯卡說：「哼，不同的工作，例如走私和販賣大麻。這工作很賺錢，但不是長久之計，佛呂貝先生。」

佛：我不知道你在說什麼。

史：不知道？而且你也不認得這個小包裹？

佛：不，不認得。為什麼要認得？

史：而且也不認得藏在拉伯格車門內和椅套裡另外十五包類似的東西吧？

佛：……

史：單單一個這樣的小包裹裡就有大量的大麻。我們這裡對這東西不熟，所以我不知道這市值多少。你賣掉這一小批貨能賺多少？

佛：我還是不知道你在說什麼。

史：從你的護照看來，你常去土耳其，光是今年內就去了七次。

佛：雲可勒有土耳其觀光團。我是帶隊導遊，當然得經常過去。

史：可不是嘛，那不就正合你意？土耳其大麻相當便宜，取得又容易，是吧，佛呂貝先生？

佛：……

史：你要是不招認，只會對你更不利。我們已有足夠證據，還有一個證人。

佛：那隻下流的臭鼬終究還是背叛我了！

史：沒錯。

佛：下三濫的瑞典混蛋！

史：也許你知道，再拗下去也沒什麼意義。招供吧，佛呂貝。我要聽到所有你記得的事，名字、日期和數目。你可以從你何時開始走私毒品開始招認。

佛呂貝閉上眼睛，歪倒一旁。馬丁・貝克看到他伸出手，俯傾跌在地上。

史魯卡站起來，向速記員點點頭。速記員闔上筆記本，消失在門外。

史魯卡看了倒在地上的人一眼。

「假的，」馬丁・貝克說，「他沒暈。」

「我知道。不過，讓他休息一會兒再說。」史魯卡說。

他走到佛呂貝身邊，用鞋尖踢他。

「起來吧，佛呂貝。」

佛呂貝動也不動，但是眼皮在顫抖。史魯卡走到門邊，打開門，朝走廊喊了些話。一名警察走進來。史魯卡對他吩咐幾句，他接著拖住佛呂貝的手臂。史魯卡說：「佛呂貝，別躺在那裡擋路了。我們會給你一張床躺，那可舒服多了。」

佛呂貝站起來，氣憤地瞪著史魯卡，然後跛著腳跟在警員後面。馬丁・貝克看著他離開。

「他的腿怎麼樣？」

「沒事，」史魯卡說，「不過是皮肉傷。我們不常動槍，不過，必要時射得很準。」

「原來他在走私大麻，」馬丁・貝克說，「不知道他們把他怎樣了。」

「阿爾夫・麥森嗎？我想，可以從他們那裡打探出來，但最好讓他們先休息一下。想必你也累了。」史魯卡說著，在桌子後頭坐下。

馬丁・貝克確實累了。這時已是清晨，他覺得混身痠痛。

「回旅館睡幾個小時吧，」史魯卡說，「我晚點再打給你。你下樓到門口等，我派輛車送你回去。」

馬丁・貝克沒有異議，他跟史魯卡握了握手後離開。關上門時，他聽到史魯卡在講電話。

當他下樓踏出大門，車子已經在街上等他了。

19.

打掃的女工已經來過，而且關了燈和百葉窗。他沒再開窗。現在，他知道不會再有什麼高大黝黑的男人在外頭仰望他的窗戶了。

馬丁．貝克打開頂燈，脫去衣服。他的頭和左臂都在痛。他看著衣櫃長鏡裡的自己，右膝蓋上方有一大塊瘀青，左肩腫脹，又青又紫。摸摸頭，才發現後腦有個大腫包。除此之外沒有其他外傷。

床看來柔軟、涼爽又誘人，他關了燈，爬進床褥之間。躺了一會兒，望著外頭半亮的天色，試圖整理思緒。馬丁．貝克一側身，就這麼睡著了。

電話鈴聲吵醒他時，已近下午兩點。是史魯卡打來的。

「你有睡嗎？」

「有。」

「很好。你能過來一趟嗎？」

「可以。現在嗎？」

「我派車過去，半小時後到。可以嗎？」

「可以。我半小時後會在樓下。」

他沖了澡，穿好衣服，打開百葉窗。燦爛的陽光刺痛他的眼睛，他望著對岸的碼頭，昨晚的遭遇似乎遙遠而不真實。

由昨晚同一位司機開的車正在等他。他自己找到史魯卡的辦公室，敲門後便開門走進去。史魯卡獨自坐在桌後，面前有一疊文件和少不了的咖啡杯。他點點頭，招他過去坐在佛呂貝坐過的那張椅子上，隨後拿起聽筒說了些話，再放回去。

「你還好嗎？」他看著馬丁・貝克說。

「還好，睡了一覺。你呢？事情進展得如何？」

一名警員進來，放了兩杯咖啡在桌上，離開時同時拿走史魯卡面前的空杯。

「都弄好了。東西全都在這兒。」史魯卡拿起那一疊文件說道。

「那麼，阿爾夫・麥森呢？」

「唉，那是唯一還不明的點。我問不出任何消息。他們堅稱不知道人在哪裡。」

「但他是同一夥的？」

「對，可以算是，他是他們的中盤商。佛呂貝和拉伯格是主腦，那女孩只是被他們利用來交換情報、洗錢之類的，叫什麼波耶克的。」

史魯卡邊翻閱文件邊說。

「愛莉，」馬丁．貝克說，「愛蘭卡。」

「對了，叫愛莉．波耶克。在認識她之前，佛呂貝和拉伯格早已從土耳其走私大麻一段時間。這兩人似乎都和她有過性關係。後來發現可以用別種方式利用她，便告訴她走私的事。她也不反對加入。這兩人在她搬到新佩斯之後都和她同居。這女人似乎是滿開放的那一型。」

「的確，我想也是。」馬丁．貝克說。

「拉伯格和佛呂貝以導遊身分前往土耳其，在土耳其進貨。當地要買到大麻很容易，而且相當便宜，然後走私到匈牙利。這很簡單，尤其他們又是旅行團導遊。愛莉．波耶克聯絡中間人，幫忙在布達佩斯本地分銷。拉伯格和佛呂貝也會前往其他國家，例如波蘭、捷克、羅馬尼亞和保加利亞，帶貨去給他們在當地的盤商。」

「阿爾夫．麥森也是他們的盤商之一？」

「阿爾夫．麥森也是盤商之一，」史魯卡說，「此外還有英國、德國和荷蘭的盤商，都會到這裡或其他東歐國家與拉伯格和佛呂貝碰面。他們付外幣——英鎊、美金或馬克買貨，然後帶回自家販賣。」

「所以每個人都賺翻了，除了最後買這垃圾來吸食的人除外。很奇怪，他們竟然能維持這麼久都沒被發現。」馬丁・貝克說。

史魯卡起身走到窗邊。他站了一會兒，背著雙手看著馬路，然後回到位子坐下。

「不奇怪，」他說，「沒那麼奇怪。只要這東西只賣給中間人，而不在本地或其他社會主義國家零售，就很可能沒事。資本主義國家的想法是，東歐國家不會有什麼值得走私進來的東西，因此，從這些國家入境幾乎沒有關檢。反過來說，如果他們在這裡販毒，早就被抓了。但這對他們來說划不來，因為他們真正要的是外幣。」

「他們一定賺得不少。」馬丁・貝克說。

「的確，」史魯卡說，「但盤商也賺了許多。事實上，他們整個組織架構得十分高明。如果不是你來找阿爾夫・麥森，我們可能要過好久才能破獲。」

「關於阿爾夫・麥森，他們怎麼說？」

「他們承認阿爾夫・麥森是他們在瑞典的中盤，過去一年也向他們買了大量的貨。不過，他們說，自從他五月來提貨之後就沒再見過他。他當時沒買足想要的量，所以不久後就和愛莉聯絡。他們原本相約大概在三個星期前要在布達佩斯見面，但他一直沒現身。他們聲稱，藏在車裡的貨就是要留給他的。」

馬丁．貝克靜靜坐了一會兒。然後說：

「也許他因為某個原因跟他們鬧翻，威脅要揭發他們。他們因為恐懼而殺了他，就像昨晚想殺了我一樣。」

史魯卡一語不發地坐著。馬丁．貝克像是自言自語地幽幽說：「一定是這樣。」

史魯卡站起來踱了幾步，然後說：「我也這麼認為。」

他再度沉默，駐足在那張大地圖前。

「你在想什麼？」馬丁．貝克問。

史魯卡轉頭看著他。

「我不知道。我想，你或許會願意親自和其中一個談談。拉伯格，昨晚和你打架的那個，話很多。我的印象是他笨得撒不了謊。你要不要偵訊他？也許你會做得比我好。」

「好，有勞，」馬丁．貝克說，「我很想偵訊他。」

20.

特茲．拉伯格走進房間。他穿著昨晚的衣服：貼身的套頭毛衣，鬆緊腰帶的薄達克龍長褲和輕便的膠底布鞋，一派瀟灑。進門後，他停步，鞠了個躬，帶他來的警察在他背後輕推了一下。馬丁．貝克指指桌子對面的椅子。這個德國人坐了下來，深藍色的眼睛露出既期待又擔心的眼神。他前額綁著繃帶，髮際處有塊青腫，除此之外看來健康、強壯，而且毫髮無損。

「我們來談談阿爾夫．麥森。」馬丁．貝克說。

「我不知道他人在哪裡。」拉伯格立刻說。

「也許。不過我們還是得談談阿爾夫．麥森。」

史魯卡已經在桌子右方設好錄音機，馬丁．貝克伸手打開。德國人緊盯著他的每個動作。

「你第一次與阿爾夫．麥森碰面是在何時？」

「兩年前。」

「在哪裡？」

「布達佩斯這裡。一家叫伊夫沙嘉、年輕人會出入的那類旅館。」

「你怎麼認識他的？」

「愛莉・波耶克介紹的，她在那裡工作。不過，那是她搬到新佩斯之前很久的事。」

「然後呢？」

「沒什麼特別的。提歐和我剛從土耳其回來，我們在當地替從羅馬尼亞和保加利亞度假地來的觀光客安排旅行事宜。自己也從伊斯坦堡帶了一點貨回來。」

「你們那時就開始走私毒品了？」

「只有一點點，可以說是自己用的，不過我們沒那麼常用；現在根本完全不用了。」他頓了一下說，「那對身體有害。」

「那你要它做什麼？」

「呃，給妓女什麼的用。這很好用，她們會……比較……願意……」

「那麼，麥森呢？他的角色是什麼？」

「我們給了一些讓他抽。他興趣缺缺，大部分時間都在喝酒。」

他想了一會兒，接著蠢頭蠢腦地說：「喝酒也對身體有害。」

「你們當時有沒有賣毒品給他？」

「沒有，但是他帶了一些。我們帶的也不多。他是在聽到從伊斯坦堡拿貨有多容易之後才開始感興趣。」

「當時你們就想大規模走私了嗎？」

「我們討論過，困難點在於如何把貨運到能賣錢的國家。」

「例如哪裡？」

「斯堪地那維亞、荷蘭，或我們德國自家。這些地方的海關警覺性很高，尤其知道你是從土耳其那種國家來的時候。話說回來，北非或西班牙也是。」

「麥森提議當盤商嗎？」

「對。他說，如果你是從東歐旅行回國，海關幾乎不會注意你的行李，尤其又是坐飛機的話。我們從土耳其把貨運到——比方說這裡好了，一點都不難，畢竟我們是導遊。但之後就沒譜，風險太大，而且在這裡也不能賣，會被抓。總之就是不值得。」

他想了一會兒。

「我們不想被捕。」他說。

「看得出來。後來你們就跟麥森訂約了？」

「對。他有個好主意。我們相約在不同地點見面，我和提歐方便的地方。我們通知他，然後他就會為雜誌社到當地出差。很好的掩護，看起來正正當當的。」

「他如何付款？」

「美金——付現金。這計劃很精密，我們當年夏天就把整個組織建立起來了，而且還找到更多盤商——一個我們在布拉格遇見的荷蘭人和——」

這部份歸史魯卡管。馬丁・貝克打斷他，說：「你們和麥森下一回是在哪裡碰頭？」

「三個星期後，在羅馬尼亞的康士坦察。事情進行得非常順利。」

「波耶克小姐當時也參與嗎？」

「愛莉嗎？沒有。她能有什麼用處？」

「但是她知道你們在做什麼？」

「對，多少知道一些。」

「你們和麥森總共見過幾次？」

「十次，也許十五次。真的很順利，他一向不殺價，想必賺翻了。」

「賺多少？你認為？」

「不知道，但他一直很有錢。」

「他現在在哪裡？」

「不知道。」

「真的？」

「真的。愛莉五月搬到新佩斯那時候，我們在這裡碰過面。他就住在那家青年旅館。當時他進了一批貨。他說他的貨銷量很大，所以我們就約七月二十三日再到這裡碰面。」

「然後呢？」

「我們二十一號到，那天是週四。但他後來一直沒露面。」

「他人在布達佩斯，二十二號晚上到，二十三號早上離開旅館。你們約在哪裡碰面？」

「新佩斯，愛莉家。」

「所以他二十三號早上去了那裡。」

「沒有，我說過，他沒有露面。我們一直在等，他卻沒來。後來我們打電話到旅館，他人也不在。」

「誰打的？」

「提歐，我，還有愛莉，我們輪流。」

「從新佩斯打的嗎？」

「不是，分別從不同的地方。他沒來，我告訴過你，我們一直坐在那裡等。」

「換句話說，你是說，自從他來到這裡之後，你都還沒見過他？」

「沒錯。」

「先假裝我相信你的話。你沒見到麥森，但那並不妨礙佛呂貝或波耶克跟他聯絡，對吧？」

「才不是，我知道他們沒有。」

拉伯格開始露出些許絕望的表情，他汗如雨下，房間裡熱得很。

「你聽我說，」他說道，「我不知道你是怎麼想的。不過，你們另一個人似乎認為我們殺了他。可是我們為什麼要殺他？我們是靠他賺錢、很多錢耶。」

「你們也會讓波耶克小姐分紅嗎？」

「哦，會。她有幫忙，也拿了應得的那一份，這錢足夠讓她不必去工作了。」

馬丁．貝克凝視他良久，終於問道：「你有沒有殺他？」

「沒有。我一直跟你說，如果我們殺了他，哪還會帶著幾乎一整批的貨在這裡待三個禮拜？」他提高音量叫道。

「你喜歡阿爾夫．麥森嗎？」

他避開了他的視線。

「我問話時，請回答。」馬丁．貝克沉下臉說。

「當然。」

「波耶克小姐在偵訊時似乎說過，你或提歐・佛呂貝都不喜歡他。」

「他這個人一喝酒就亂性。他……看不起我們，就因為我們是德國人。」

他用乞求的藍色眼睛看著馬丁・貝克，「這樣不公平，對不對？」

又是一陣沉默。特茲・拉伯格憂心了，他坐立不安地拉弄著手指關節。

「我們沒有殺人，」他說，「我們不是那種人。」

「你昨晚還想殺了我。」

「那不一樣。」

男子的聲音低得幾乎聽不見。

「怎麼不一樣？」

「那是我們唯一的機會。」

「什麼機會？被絞刑的機會？還是被判無期徒刑的機會？」

德國人絕望地望著他。

「總之你很可能被判刑。」馬丁・貝克態度友善地說，「你待過監獄嗎？」

「有，在德國待過。」

「呃，你說殺掉我是你們唯一的機會，是什麼意思？」

「你不懂嗎？你來到新佩斯，而且出示了他——麥森的護照時，我們以為他不能來，所以派你代表。但你什麼都沒說，而且模樣也不對，所以我們測推麥森想必是被捕招供了。但是我們不知道你是什麼來歷，而且我們在這裡也已經待了二十天，整批貨都在，所以我們開始緊張了。更何況，我們的護照三個星期過後就得加簽。所以提歐就尾隨你到……」

「好，繼續說。」

「後來我就拆車藏貨。提歐猜不出你究竟是何方神聖，所以我們就讓愛莉去試探。提歐隔天跟蹤你到了浴場，從那裡打給愛莉，她從外頭監視你。然後，提歐看到你和那個傢伙一起在浴場，之後他就跟蹤那傢伙，看到他走進警局。所以一切很明白了。我們等了一整個下午和一整晚，什麼事也沒發生。我們猜你還沒招供，要不然警察早就上門了。之後，愛莉在夜裡回來。」

「她有什麼發現？」

「不知道，但是顯然有發現。她只說：『快幹掉那個狗娘養的。』講完就摔門進了房間，心情很差。」

「哦？」

「我們隔天跟蹤了你一整天。情況很不妙，我們得在你報警前把你解決。我們沒有機會下手，在你半夜出遊之前，我們差不多就要放棄了。提歐跟蹤你過橋，我開車過另一座橋，鍊橋，然後對換。他不敢動手，而我是最強壯的──我有在健身。」他沉默了一會兒，然後哀求說：「我們不知道你是警察。」好像這是某種藉口。

馬丁．貝克沒有回答。

「你是警察嗎？」

「對，我是警察。我們再來談談阿爾夫．麥森。你說，是波耶克小姐介紹你們認識的，他們兩人認識很久嗎？」

「有一陣子了。愛莉待過某個瑞典游泳隊，她就是在那裡認識他的。後來她被停賽，他就過來這裡找她。」

「麥森與波耶克小姐是好朋友嗎？」

「還不錯。」

「他們之間常有親密關係嗎？」

「你是說，他們有沒有睡過？當然。」

「你也和波耶克小姐做過嗎？」

「當然。想做就做，提歐也是。愛莉是個花痴，這事你一點辦法都沒有。麥森過來的時候當然會和她睡，有一次我們三個人一起上她，就在同一個房間。愛莉在這方面非常開放，除此之外，她是個好女孩。」

「好女孩？」

「好女孩。你叫她做什麼她就做什麼，只要你三不五時幹幹她。我現在不太愛這一套，做太多對身體不好。但提歐總是做個不停，所以他老是體力不濟。」

「你從沒跟麥森起過爭執？」

「為了愛莉？不值得為她吵好嗎。」

「會為了其他原因嗎？」

「不是為了生意。麥森很會做生意。」

「那麼是為了什麼？」

「有一次他借酒裝瘋，我只好K他；當然，那時他喝醉了。後來愛莉照顧他，把他安撫下來。那是好久以前的事。」

「你認為麥森現在會在哪裡？」

拉伯格無助地搖搖頭。

「我不知道。在布達佩斯某個地方吧。」

「他在這裡沒跟別人往來嗎？」

「他只是過來交款、取貨，然後寫寫雜誌稿，好做得天衣無縫，三、四天就會走人。」

馬丁．貝克沉默地坐了一會兒，看著這個企圖殺了他的男人。

「我想就先到此為止好了。」他關上錄音機。

德國人顯然心裡還有話要說：

「我說，昨晚那件事……你能原諒我嗎？」

「不能，我無法。再見。」

他向那個警察招招手。那警察站起來，提著拉伯格的手臂走向門口。馬丁．貝克若有所思地望著這個金髮德國人，然後說：「等一下，拉伯格先生。這事非關個人恩怨。昨天你為了自己的利益企圖殺人，你竭盡所能地計劃這個謀殺案，但沒有成功，也輪不到我感謝你。你的行為不僅犯法，而且還有違生命的基本法則和重要原則。這就是我不能原諒的原因。就這樣，你自己想想吧。」

馬丁．貝克把錄音帶倒轉回原點，收進卡帶盒裡，回到史魯卡的辦公室。

「我想你也許是對的，他們也許真的沒殺他。」

「是啊，」史魯卡說，「看來似乎如此。我們已經全力出動尋人。」

「我們也是。」

「你的任務檯面化了沒有？」

「據我所知，還沒。」

史魯卡搔搔後頸。

「奇怪。」他說。

「怎麼說？」

「我們怎麼會找不到他。」

半小時後，馬丁・貝克回到旅館，此時已是晚餐時間。落日餘暉映照在多瑙河上，他清楚看到對岸的碼頭、石牆和台階。

21.

電話響起時，馬丁．貝克剛穿好衣服，正要下樓吃飯。

「斯德哥爾摩打來的，」接線生說，「一位名叫愛力森的先生。」

他知道這個名字。此人是阿爾夫．麥森的上司，那位脾氣很大的週刊總編。

一個自大傲慢的聲音由線上傳來。

「貝克嗎？我是愛力森，這裡的總編。」

「我是貝克警探。」

那個人不予理會地繼續說：「好，你大概知道，我對你的任務一清二楚。你這次的差事就是我主派的，我跟外交部的關係很好。」

原來那個同樣名為馬丁的可憎傢伙也是個大嘴巴。

「你在聽嗎？」

「嗯。」

「也許我們說話要小心點，如果你懂我的意思。但我得先問你：要找的人找到了嗎？」

「麥森？沒有，還沒。」

「毫無線索？」

「毫無線索。」

「這絕對是聞所未聞。」

「正是。」

「那麼，現在該怎麼說呢……那邊天氣如何？」

「很熱，早上有點霧。」

「你說什麼？早上有點霧？是的，我想我了解。是的，當然。不過現在，我想是時候了，天地良心，我們無法保密下去了。唉，發生這樣讓人難以置信的事，有可能導致可怕的後果。我們對麥森也要負很大的責任。他是我們最好的員工，最優秀的，完全忠心，而且為人誠實。他在我手下的一般人員部門做了好幾年，我知道我在說什麼。」

「哪裡？」

「什麼？」

「在你手下的哪裡？」

「哦，那個啊，一般人員部；我們習慣這麼說。你知道，就是一般編緝人員。我知道我在說什麼。我為他賭上性命都可以，這一來更加重了我的責任。」

馬丁・貝克站在那裡，心裡想的卻是其他事情。他在想像這個愛力森的樣貌，可能是個肥胖自大、豬眼紅鬍的矮子。

「因此，我今天決定要在下週的雜誌刊出阿爾夫・麥森系列的第一篇報導。下星期一，鐵定不延期，該是讓大家注意這個故事了。我說過，我只是想知道你有沒有他的任何線索。」

「我認為你應該把你那篇文章——」

馬丁・貝克及時打住，免得繼續說出：「丟進垃圾筒。」

「什麼？你說什麼？我不明白。」

「讀讀明天的早報吧。」馬丁・貝克說完，隨即放下聽筒。

他的食慾已在這通電話上消失殆盡。他拿出酒瓶，倒了一杯烈酒，坐下來思考。他的情緒不佳，而且頭很痛，不僅如此，此人還非常粗魯，有失禮節。然而，他腦海裡想的卻不是這些。

阿爾夫・麥森在七月二十二日來到布達佩斯，有人在境檢處見過他，他搭計程車到伊夫沙嘉旅館住了一晚，接待櫃台一定有人招呼過他。隔天早上，二十三日星期六，他又坐計程車搬到杜那旅館，在那裡停留了半小時。大約在十點出門，接待櫃台有人注意到他。

自此之後，所有的資料都顯示，再也沒有人見過或和阿爾夫·麥森說過話。他只留下一個線索：旅館房間的鑰匙。據史魯卡說，鑰匙是在警局外的台階上拾得的。

先假設佛呂貝和拉伯格所言屬實，也就是麥森沒有在新佩斯的會面地點現身，因此，他們也無法綁架或謀害他。

所以，因為某種不明原因，阿爾夫·麥森人間蒸發了。

現有的資料非常少，不論如何，他們也只能依據這些了。

資料顯示，在匈牙利有五個人和阿爾夫·麥森曾有過接觸，因此可算是證人。一名檢查護照的官員，兩名計程車司機，以及兩個旅館接待員。

如果他遭遇到出乎意料的橫禍——例如遭人攻擊、綁架，或是意外致死，或是瘋了，證人的證詞也就沒什麼用。但另一方面來說，如果他是自願失蹤，那麼，這些人可能曾觀察到他在外表或行為上的些許細節，那對調查或許會很重要。

馬丁·貝克與假設證人中的兩位有過接觸，然而因為語言隔閡，他無法確定是否有充分利用到他們。他找不到查驗護照的官員和計程車司機，就算找到了，他可能也無法和他們溝通。手中較有分量的線索只有麥森的護照和行李，但這兩樣都沒什麼用處。

以上就是他對麥森案的結論。據他所知，調查截至目前已走進死胡同，真是令人沮喪至極。

無論如何，麥森的失蹤若是與那幫毒販有關——說無關也很難相信，那麼史魯卡早晚會釐清案情，他能給予的最佳支援就是回去瑞典，策進毒品小組，幫忙了結瑞典這端的案情。

馬丁・貝克做出決定，立刻打了兩通電話。

首先，是那位衣冠楚楚的瑞典大使館年輕人。

「你找到他了嗎？」

「沒有。」

「換句話說，沒有新發現。」

「麥森是個走私毒販，匈牙利警方正在找他。我們就透過國際刑警組織通緝他吧。」

「真是令人不愉快。」

「的確。」

「那麼，這發現對你有什麼意義？」

「這表示我準備打道回府了。就明天，如果能安排的話。這點小事要請你幫忙了。」

「可能有困難，但我盡力。」

「好，拜託了，這很重要。」

「我明天一早給你回電。」

「謝謝。」

「再見，希望你這幾天還算愉快。」

「是的，非常愉快。再見。」

再來是史魯卡，他在警局總部。

「我明天回瑞典。」

「哦，好，祝你旅途愉快。」

「你一定會收到我們的報告。」

「你們也會收到我們的報告，我們還是沒找到麥森。」

「你覺得驚訝嗎？」

「老實說，非常驚訝。我從沒遇過這種情形，但我們很快就會找到人。」

「你查過露營地點嗎？」

「正在查，要花點時間。順便告訴你，佛呂貝企圖自殺。」

「結果？」

「當然沒成功。他用頭去撞牆，腫了一個大包，我把他送去精神科。醫生說他得了躁鬱症。

問題是，我們不知道是不是也要把那女孩送進去。」

「那拉伯格呢？」

「挺好的，還問監獄裡有沒有健身房，你看看。」

「能否請問你一件事？」

「請說。」

「我們知道，從星期五晚上到星期六早上，麥森在布達佩斯跟五個人有過接觸。」

「兩名旅館接待員和兩名計程車司機——第五個是誰？」

「檢查護照的官員。」

「我唯一的藉口就是我三十六小時沒回家了。所以你要詢問他？」

「是的，就他的記憶所及，比如麥森說過什麼、行為如何、穿了什麼等。」

「知道了。」

「你能將報告譯成德文或英文，用航空信寄到斯德哥爾摩嗎？」

「電報比較好。不過，也許在你離開前還有時間交給你。」

「不太可能，我大概十一點就走了。」

「我們一向以高效率著名。去年秋天，商業部長夫人的手提包在涅普體育場被搶，她坐計程車來報案；報完案後下樓，我們就把包包還給她了。我們之後有好長一段時間還真是風調雨順。

好，我看著辦。」

「那麼，謝謝你。再見了。」

「再見，可惜沒時間和你私下聚聚。」

馬丁・貝克停下來想了一下，然後打回斯德哥爾摩。十分鐘過後，電話接通了。

「萊納不在，」柯柏的妻子說，「老樣子，也沒說要去哪兒，只留話說『有公事，星期天回來。自己照顧自己。』他把車子也開走了。去死吧，爛警察。」

接著是米蘭德，這次只花了五分鐘就接通。

「嗨！吵到你了嗎？」

「我剛睡。」

米蘭德向來以記憶力強、每晚睡足十小時，和老愛待在廁所的獨特本領聞名。

「你也有參與調查麥森案嗎？」

「有。」

「查查麥森離開前一晚做了什麼，要詳細。看他言行舉止如何，是什麼穿著打扮等等。」

「今晚查嗎？」

「明天查就好。」

「嗯。」

「那麼，再見了。」

「再見。」

馬丁．貝克打完電話。拿著紙筆下樓。

阿爾夫．麥森的行李還在櫃台後方的房間內。

他掀起打字機的套子，放在桌上，將一張紙插進打字機內，開始打字：

手提打字機，伊利卡牌，有盒子

黃褐色豬皮手提箱，有提把帶，相當新

他打開行李箱，把當中的東西放在桌上，繼續打字。

灰黑格子襯衫

褐色運動衫

白色肋紋布料襯衫，剛洗過，都會洗衣店，斯德哥爾摩

淺灰色毛褲，燙得齊整
三條手帕：白色
四雙襪子：褐色、深藍色、淺灰色、酒紅色
兩件有色內褲：綠白格紋
一件網眼內衣
一雙淺褐色麂皮鞋

他沮喪地看著那件像是開襟羊毛衫的衣服，然後拿起來走向櫃台小姐。櫃台小姐非常漂亮，是那種甜美親切型的女孩。她身材嬌小，曲線玲瓏，手指修長，小腿優美，足踝細緻，腿脛上長著些許暗色細毛，裙下的大腿修長。手上沒戴戒指。馬丁・貝克盯著她瞧，一時失了神。

「這種東西叫什麼？」

「針織外套。」她說。

他繼續失魂落魄地站在那裡。小姐羞紅了臉，移到櫃台另一端，拉整自己的裙子、胸罩和束腹。他不了解為什麼，隨後又回到桌旁坐下來繼續打字：

深藍色的針織外套
五十八張打字紙，標準尺寸
一塊打字機用的橡皮擦
電動刮鬍刀，雷明頓牌
《夜遊人》，科特·所羅門森著
刮鬍用品組
刮鬍液，塔巴克牌
一條已打開的牙膏，思貴牌
牙刷
漱口水，瓦德米肯牌
含可待因的阿斯匹林，未開封
深藍色塑膠皮夾
一千五百元美金，全為二十元紙鈔
六百克朗，全為一百克朗的新版紙鈔
以上清單以阿爾夫·麥森的打字機打成

他重新收妥行李、折好清單後便離開。櫃台小姐有點迷茫地看著他，現在她顯得更美了。

馬丁·貝克回到餐廳吃了遲來的晚餐，臉上表情還是心不在焉。侍者在他面前擺了一面瑞典國旗。樂團首席來到桌前，在他左耳邊奏出一首瑞典的愛國歌曲。他似乎沒注意到。

他一口喝下咖啡，不待帳單，便直接將一張紅色的一百佛令紙鈔放在桌上，隨即上樓睡覺。

22.

大使館的年輕人打電話來時，九點才剛過幾分鐘。

「你運氣不錯，」他說，「我訂到一張十二點由布達佩斯起飛的機票。你一點五十分抵達布拉格，等五分鐘，往哥本哈根的SAS班機就起飛了。」

「謝謝。」馬丁．貝克說。

「臨時訂票不容易，你能自己去馬勒夫的辦事處取票嗎？我已經打點好付費事宜，你只管取票就是。」

「好，」馬丁．貝克說，「實在感謝。」

「那麼，祝你旅途愉快，貝克先生。你能來這裡真好。」

「謝謝。」馬丁．貝克說。「再見。」

正如預期，機票就在他三天前談過話的深色鬈髮美人那裡。

他回到旅館房間打包行李。他在窗邊坐了一會兒，抽根菸，望著河水。接著離開房間（他在這間房裡住了五天，而阿爾夫・麥森只待了半小時），下樓到櫃台叫了一部計程車。他出外來到台階上時，看到一輛藍白相間的警車疾駛而來。警車在旅館前煞住，一個他沒見過的警察跳出來，急急穿過旋轉門。馬丁・貝克剛好看到他手上拿著一只信封。

他的計程車拐彎轉過來，停在警車後面。蓄著灰鬍子的門房打開後車門，馬丁・貝克請他稍等，便走回旋轉門，正好和迎面而來的警察及緊跟在他身後的櫃台服務員錯身而過。櫃台服務員一看見馬丁・貝克，連忙揮揮手，指指警員。他們在旋轉門轉了兩圈後，三個人終於在旅館台階上相會。馬丁・貝克接過信封，把所有的鋁質錢幣都給了櫃台服務員和門房後便坐上計程車。

馬丁・貝克在飛機上的鄰座是一個愛誇口的大嗓門英國人。他纏著他，往他臉上直噴口水，大談所謂商務旅行無趣至極的種種。

他在布拉格的時間只夠他衝過過境大廳，在下一段航班起飛前跳上飛機。他沒看到那個口沫橫飛的英國人，不禁鬆了一口氣。飛機升空後，他打開信封。

史魯卡和他的手下使盡全力，維持住他們辦案神速的名聲。他們詢問了六名證人，而且報告以英文完成。馬丁・貝克讀道：

偵訊摘要：據警方所知，以下六人曾與瑞典人阿爾夫・席騰・麥森有過接觸。時間起自阿爾夫・麥森於一九六六年七月二十二日晚間十點十五分抵達布達佩斯的菲黑吉機場，直到他於同年七月二十三日早晨十點至十一點間，由布達佩斯的杜那旅館失蹤為止。

佛蘭克・哈瓦斯：護照檢查官員，於一九六六年七月二十二日至七月二十三日晚間，在菲黑吉機場的護照檢查處單獨值勤。他說他不記得見過阿爾夫・麥森。

揚諾斯・魯卡斯：計程車司機，說他記得在七月二十二日至二十三日夜間，從菲黑吉機場載了一名乘客前往伊夫沙嘉旅館。據魯卡斯說，該男性乘客年約二十五至三十歲間，蓄鬍，說德語。魯卡斯不懂德語，只知道該乘客要到伊夫沙嘉旅館。魯卡斯記得那人有個行李箱，就直接隨那人放在後座。

李歐・嘉寶：醫科學生，伊夫沙嘉旅館七月二十二日至二十三日的晚班服務員。他記得有個人在七月十七日至二十四日之間的某個深夜前來投宿。雖然嘉寶不記得此人精確的抵達時間、名字或國籍，但所有證據均顯示，此人便是阿爾夫・麥森。據嘉寶說，他年紀在三十到三十五歲間，英文流利，蓄鬍。穿著淺色長褲、藍色外套，可能是白色的襯衫，打領帶，行李不多——一件或兩件。除此以外，嘉寶不記得曾在其他場合見過這個人。

貝拉・彼特：計程車司機，於七月二十三日將阿爾夫・麥森從伊夫沙嘉旅館載到杜那旅館。他記得他是個蓄鬍、戴眼鏡的年輕人，行李一大一小，小的可能是打字機。

貝拉・柯瓦克斯：杜那旅館的行李服務員，於七月二十三日早上收取麥森的護照，並給了他一〇五號房的鑰匙。據柯瓦克斯說，麥森當時身穿淺色——可能是灰色——長褲，以及白襯衫、藍色薄外套，繫著素色領帶，手上挽著一件淺色大衣。

伊娃・佩卓維琪：同一家旅館的櫃台人員。她看到麥森於七月二十三日早上近十點時抵達旅館，也看到他大約在半小時後離開。她對麥森的描述最詳盡，並且十分確定除了領帶顏色之外的各項細節。據佩卓維琪小姐說，麥森中等身高，藍眼，有深褐色頭髮和鬍鬚，戴著鋼絲邊眼鏡。身穿淺灰色長褲、深藍色薄外套、白襯衫，紅色或藍色的領帶和米色鞋子，手上挽著一件淺米色的肋紋布料大衣。

史魯卡加上注解：

你可以看出我們沒找到太多線索，沒有一個證人記得麥森說過、或做過什麼特別的事。我在派發給全匈牙利的描述中，加入了他在失蹤時所穿的衣著。如果另有發現，會馬上通知你。祝你旅途愉快。

維摩斯．史魯卡

馬丁．貝克將史魯卡的摘要再讀過一遍。他心想，不知那位伊娃．佩卓維琪是不是就是那位幫他鑑定麥森行李箱裡那件像是羊毛外套的小姐。在史魯卡的信背面，他寫道：

淺灰色長褲
白襯衫
深藍色外套
紅色或藍色的領帶
米色鞋子

淺米色的肋紋布料大衣

接著，他拿出阿爾夫・麥森行李箱內容物的清單，看過一遍後，把所有東西全放進公事包內收好。

他閉上眼睛往後一躺。他沒睡，只是閉目養神，就這樣，直到飛機開始從哥本哈根上空的薄雲層降落為止。

卡斯特洛機場還是老樣子，他得排隊才能擠進過境大廳，廳內櫃台前擠滿了各國人士。他先在吧台喝下一杯杜博酒，才有力氣進行提取行李的艱辛工作。

當他終於拿到行李袋站在機場外時，已是下午三點過後。一整排的計程車正在候車站等著。他把袋子放上第一輛車，坐上前座，告訴司機開往崔格爾港。

港口裡即將啟航的渡輪名叫崔格登，造型醜得非比尋常。馬丁・貝克把行李箱和公事包放在自助餐廳後，就上去甲板。渡輪正緩緩開出港口，往瑞典航去。

在布達佩斯接受了連日的熱浪薰陶，這海灣的風吹得他覺得有點冷。過了一會兒，馬丁・貝克回到自助餐廳內。船上乘客眾多，大部分是剛去丹麥購物的家庭主婦。

航程幾乎不到一小時，到了林漢，他立刻搭上計程車前往馬爾摩。計程車司機很多話，講得一口瑞典南部方言，聽在馬丁．貝克耳裡，那就像是匈牙利語般難以理解。

23.

計程車停在大衛廳廣場的警察局外。馬丁．貝克下車，步上寬闊的台階。他把行李袋寄放在玻璃隔間的接待室。他有兩年沒來了，但每次來都會被這幢建物的宏偉莊嚴，以及寬敞的大廳和開闊的長廊震撼。上了兩段階梯，來到門上寫著「偵查員室」的門前，他敲敲門溜了進去。有人曾說，馬丁．貝克深諳在敲門之際就已入內關上門的藝術。這種說法不無道理。

「嗨，大家好。」他說。

房裡有兩個人。其中一個大漢正靠著窗戶，嘴裡嚼著一根牙籤；另一個坐在桌前，長得又瘦又高，頭髮往後直梳，雙眼炯炯有神。兩個人都穿著便服。坐在桌前的那一位仔細打量了馬丁．貝克，而後說：「我十五分鐘前才看到報紙說你人在國外，還破獲了國際販毒組織。現在你卻站在這裡說『嗨，大家好』。這像話嗎？你要做啥？」

「你記得一月六日晚上有一宗傷害案件嗎？一個叫做麥森的？」

「不記得。我應該記得嗎？」

「我記得。」窗邊的人淡淡地說。

「這位是梅森，」那位警探說。「他的任務是……梅森，你確實的任務是什麼啊？」

「沒什麼，我正打算回家。」

「對，他沒有任務，而且正打算回家。那麼，你記得什麼？」

「我忘了。」

「你就不能有點貢獻嗎？」

「星期一以前不能，我現在下班了。」

「你一定要嚼成那樣嗎？」

「我在戒菸啊。」

「那宗傷害案你記得什麼？」

「什麼也不記得。」

「什麼也不記得？」

「不記得，那是貝克隆負責的。」

「那麼他認為呢？」

「不知道。他認真做了好幾天的初步調查，神祕兮兮的。」

「你運氣不錯。」桌前的人對馬丁．貝克說。

「為什麼？」

「呃，獲准面見貝克隆。」梅森說。

「對，他很受歡迎，半個小時後會回來。到三一二號室去，拿張號碼牌，去排隊吧。」

「謝了。」

「這個麥森，跟你在找的是同一個人嗎？」

「是。」

「他以前住在馬爾摩這裡？」

「我想不是。」

「不好玩。」梅森唉聲歎氣地說。

「什麼不好玩？」

「牙籤不好玩。」

「老天，那就抽菸好了。又沒人要你吃牙籤。」

「聽說有一種是有味道的。」梅森說。

馬丁．貝克太了解這類莫名其妙的對話，今天八成是發生了什麼倒楣事。比如，警探的妻子一定打過電話來，說家裡留給他們的飯菜都爛光了，是不是其他警察全死光了之類的。

他留他們自己去煩惱，走到餐廳喝了一杯茶。他拿出史魯卡給的資料，將那些貧乏的證詞再讀過一遍，背後傳來一陣交談聲。

「不好意思，但我得請問一下。這玩意兒當真是馬札林小蛋糕？」

「不然你以為是什麼？」

「也許是某種文化紀念碑，吃了似乎可惜。烘焙博物館應該會很感興趣。」

「你要是不喜歡，就去別的地方吃啊。」

「是呀，比如走下兩層樓，去告發你藏匿凶器。我點了一份馬札林小蛋糕，你卻給我一個胚胎化石。要是瑞典國營鐵路局端出這種東西，我看，就連火車頭都會臉紅咧。我是個敏感的人——」

「敏感，敏感啥？順便告訴你，是你自己從櫃台上拿下來的。」

馬丁・貝克轉身，一眼看見柯柏。

「嗨。」他說

「嗨。」

兩個人都不覺得哪裡奇怪。柯柏把那塊討人厭的蛋糕擱到一旁，問道：「什麼時候回來的？」

「剛到。你在這裡做什麼？」

「大概要跟一個叫貝克隆的談談。」

「我也是。」

「事實上，我在這裡還有其他事情。」柯柏有點抱歉地說。

十分鐘後，五點到了。他們一起下樓。結果，貝克隆是位長相普通的和善老人。他跟他們握了握手，說：

「哦，是的，斯德哥爾摩來的重量級人物，是吧？」

他搬來兩張椅子給他們坐，一邊說：

「啊，真是感激。請問有何指教？」

「一月六日晚間，你經手過一件傷害案，」柯柏說，「一個叫麥森的。」

「是，完全正確。我記得那個案子，已經結案了，沒人提告。」

「發生什麼事？」馬丁·貝克問。

「呃、嗯……等等，我把卷宗調出來。」

貝克隆走出去，十分鐘後拿著一份釘在一起的打字文件回來。文件看來非常詳盡。他翻閱了一下，顯然是得意又高興地在溫習案情。他最後開口說：「我們最好從頭說起。」

「我們只想知道大概發生什麼事。」柯柏說。

「了解。今年一月六日凌晨一點二十三分，無線巡邏隊的克里斯森巡警和卡凡特巡警，在駕車巡邏本地的林內加坦區時接獲指示，前往林漢區的斯維加坦路二十六號。據報有人遭刺傷。克里斯森巡警和卡凡特巡警立即前往該地址，在凌晨一點二十九分抵達。他們拘管了一名自稱是新聞記者的人：阿爾夫・麥森，此人住在斯德哥爾摩的福來明路三十四號。麥森聲稱自己遭到賓特・艾勒・雍森攻擊，而且刺傷。雍森也是新聞記者，馬爾摩的居民，就住在林漢區的斯維加坦路二十六號。麥森左腕背面有一道兩吋長的皮肉傷，被克里斯森巡警和卡凡特巡警帶到全民醫院的急診室。而賓特・艾勒・雍森則被前兩位巡警召來的葉羅夫森和柏格蘭巡警羈押，帶回馬爾摩警局總部。兩人都喝了酒。」

「克里斯森和卡凡特？」

貝克隆給了柯柏一個責備的眼神，繼續說：

「在全民醫院的急診室治療過後，麥森也被帶往馬爾摩警局總部偵訊。麥森聲稱他一九三三年八月五日生於孟達爾，居住於——」

「等等，」馬丁・貝克說。「我們未必需要所有細節。」

「哦，但是我一定要告訴你們。要全盤了解，才會有清楚的概念。」

「這份報告的概念很清楚嗎？」

「可以說是，也可以說不是。每個人的說法不同，時間不一致，證據也模糊，因此沒人提出告訴。」

「偵訊麥森的是誰？」

「是我，我問得很詳盡。」

「他喝醉了嗎？」

貝克隆翻遍報告。

「等一下……有了，在這裡。他承認喝了酒，但否認喝過頭。」

「他的舉動如何？」

「我沒記下來。但克里斯森說——在這裡，等一下——他步伐不穩，言語鎮定，但有時口齒不清。」

馬丁·貝克不再追問，但柯柏還繼續堅持。

「他看起來怎麼樣？」

「我沒記下來，不過我記得他的衣著很整齊、乾淨。」

「他被刺傷時發生什麼事？」

「應該說，要清楚勾勒出事發的實際經過有點困難。他們的說法各異。如果我沒記錯——對了，就是這樣。麥森說他大約是在午夜時遭刺，但雍森說那是一點之後的事。這一點要澄清非常困難。」

「他有受到人身攻擊嗎？」

「雍森的聲明在此……賓特・艾勒・雍森說他是因為工作而認識麥森，已經認識三年了。一月五日早上，他巧遇獨自住在薩伏大飯店的麥森，便邀他到家裡晚餐，好開始——」

「知道了，但他對人身攻擊的說法呢？」

貝克隆開始面露不快，他再翻了幾頁。

「雍森否認蓄意人身攻擊，但承認推了麥森一把，所以麥森可能因為跌倒，而被手中的玻璃杯割傷。」

「但他有被刺傷嗎？」

「呃，這個問題前面討論過。我看看，在這裡。麥森說，將近晚上十一點時，他跟賓特・雍森吵了一架，因此可能是被雍森家中一把他看過的刀子傷了左臂。你們自己看看，接近晚間十一點！一點十五分！這兩者差了兩小時又二十分！我們也有全民醫院醫生的證明。他描述傷口是兩吋長的皮肉傷，血流得很多，傷口邊緣——」

柯柏傾身直視著那位手持報告的人說：

「我們對那些沒有興趣。你自己的看法如何？總之是出了事。那是為什麼？怎樣發生的？」

這下子，貝克隆再也掩不住怒氣。他摘下眼鏡，不斷擦拭鏡片。

「哦，拜託，拜託——」他說。「『發生情形』，嗯，這裡的初步調查都查得很清楚了。如果我不全盤報告，就無法把這案子解釋清楚。願意的話你們可以自己看。」

他把報告放在桌子邊，馬丁·貝克無精打采地翻閱，看著附在背面的事發現場照片。照片裡有一間廚房、客廳和石階，每樣東西都很乾淨整齊。石階上有幾個黑點，幾乎不比一分錢硬幣大，要不是有白色箭頭指示，幾乎看不出來。他把報告轉給柯柏，手指在扶手上敲著說：「麥森是在這裡接受偵訊的嗎？」

「是的，就在這房間裡。」

「你一定問了很久。」

「是的，他得詳細說明。」

「他給人的印象如何——我是說，整個人的印象？」

現在貝克隆氣得坐不住了，不斷把這張沒上亮光漆的桌上放的東西移開，又放回原處。

「印象！」他說。「初步調查裡每一樣都講得很清楚了，我已經告訴過你們。總之，這意外發生在私人住處，而且最後麥森不想提告。我不了解你們到底是想知道什麼。」

柯柏看也不看就把報告放下，然後做了最後一次的嘗試。

「我們想知道你個人對阿爾夫・麥森的印象。」

「沒有印象。」他說。

當他們要離開時，貝克隆就坐在桌前讀著初步調查報告，一臉不以為然。

「就是有這種人啊。」柯柏在電梯裡說。

24.

賓特・雍森的住處是一間小小的木造平房，有一座開放式的陽台和花園。入口大門是開的，裡面小石徑上有個曬得黝黑的金髮男人，正蹲在一輛三輪車前。他雙手沾滿油污，正在修理脫落的車鏈。一個年約五歲的男孩站在一旁看他，手上拿著扳手。

馬丁・貝克和柯柏進門時，那男人起身，手在褲子後頭抹了抹。他年約三十歲，穿著格子襯衫、髒卡其褲和木底鞋。

「你是賓特・雍森嗎？」柯柏問道。

「是的，我就是。」

男子懷疑地看著來客。

「我們是斯德哥爾摩警察局來的，」馬丁・貝克說，「想請教一些關於你的朋友——阿爾夫・麥森的事。」

「朋友，」那個人說，「我很難稱他那種人為朋友。是去年冬天那件事嗎？我以為早就完全結案了。」

「對，這案子確實已經結案，不會再提起。我們感興趣的不是你涉案的那一部分，而是阿爾夫・麥森的。」馬丁・貝克說。

「我看報上說他失蹤了，」賓特・雍森說，「還說他是某販毒集團的成員。我還真不知道他在吸毒。」

「也許他沒有，只是販毒。」

「哦，天啊，」賓特・雍森說，「你們想知道什麼消息？販毒的事我毫不知情。」

「你可以大略描述一下阿爾夫・麥森，協助我們了解。」馬丁・貝克說。

「你們想知道什麼？」這個金髮男子問道。

「你所知有關阿爾夫・麥森的每一件事。」

「不多，」雍森說，「雖然我們已經認識三年，但我和他非常不熟。我在去年冬天之前只見過他幾次。我也是新聞記者，我們是在做同一個採訪時結識的。」

「談談去年冬天究竟發生什麼事好嗎？」馬丁・貝克說。

「我們乾脆坐下來好了。」雍森邊說邊走上陽台，馬丁・貝克和柯柏跟著。木屋的陽台上有一張桌子和四張籐椅，馬丁・貝克坐下來，敬了雍森一根菸。柯柏懷疑地看著椅子，一會兒後才坐下，椅子在他的重量下發出危險的咯吱聲。

「我們希望你明白，在你透露的事情當中，我們只對阿爾夫・麥森的性格有興趣。不論是我們或馬爾摩警方，都沒有任何理由重新起訴這起案件。」馬丁・貝克說。「究竟發生什麼事？」

「我在馬爾摩街頭偶然遇到阿爾夫・麥森，他住在馬爾摩的一家旅館，我邀他來家裡吃飯。我不是真的喜歡這個人，但是他獨自在這地方，想找我去外面陪他喝酒，所以我想還是邀他來家裡好些。他搭了計程車過來，我想他那時還是清醒的，總之，算是清醒。我們吃飯，喝杜松子酒，兩個人都喝了不少。飯後我們聽唱片，喝威士忌，談天。他很快就醉了，接著就開始酒後亂性。我太太有個朋友也在席間，阿爾夫忽然對她說：『喂，我幹幹你怎麼樣？』」

賓特・雍森安靜了下來，馬丁・貝克點點頭說：「繼續。」

「呃，他就是這麼說的。我太太的友人非常生氣，她完全不能接受這種說話方式。我太太也生氣了，罵他是禽獸，他接著反而罵我太太是妓女，粗魯的妓女。後來連我也生氣了，叫他說話要小心。女士們隨後就移到另一個房間去。」

他又沉默了。柯柏問道：「他只要一喝醉都那麼惡劣嗎？」

「不知道，我以前沒見過他喝醉。」

「然後呢？」馬丁・貝克說。

「我們繼續喝酒。我自己其實沒喝多少，所以不覺得飄飄然。不過阿爾夫越來越醉，坐在那裡又打嗝又唱歌的，然後突然吐了滿地。我把他帶進浴室，過了一會兒，他好多了，看來也清醒了些。當我說我們得清理一下時，他說：『叫你娶的那個妓女來做。』我氣瘋了，叫他滾蛋，說我家不歡迎他。但他只是笑，坐在椅子上打嗝。我說要幫他叫部計程車時，他說他要留下來跟我太太睡覺。後來我打了他，他起身又說了一些有關我太太的髒話。我揮了一拳，這次他跌到桌上，打破了兩只玻璃杯。接著我繼續趕他走，但他拒絕離開。最後我太太打電話叫了警察——那似乎是唯一能擺脫他的方法。」

「我知道他的手受了傷，」柯柏說，「是怎麼傷到的？」

「我看到他在流血，但我想並不嚴重。總之，我氣得根本不在乎。那應該是他跌倒時被玻璃割傷的，但他竟然說是我用刀刺傷他，簡直胡說八道。我根本沒有刀子，結果害我在警察局被偵訊了一整晚。事情一團亂。」

「你在那一晚之後還見過阿爾夫·麥森嗎？」柯柏問。

「哦，老天，沒有。從那天早上在警察局之後就沒見過了。我被條子——抱歉，是警察——偵訊完出來時，他就坐在走道上。那個狗娘養的居然還有臉對我說：『嗨，你還剩下一點酒，我們等會兒回你家，把它喝光。』我根本不答話，謝天謝地，我從此沒再見過這個人。」

賓特・雍森起身走向他的孩子，那男孩正站在那裡，拿扳手敲打三輪車。他蹲下去繼續修理車鏈。

他回過頭說：「我知道的都說了，事情的經過就是這樣。」

馬丁・貝克和柯柏站起來，走出大門時，雍森對他們點點頭。

在前往馬爾摩的路上，柯柏說：「我們這位麥森真是個大好人。如果他真發生什麼意外，我想人類也不會蒙受什麼重大損失，損失的只有你的假期而已。」

25.

柯柏住在古斯塔夫．亞道夫廣場上的聖喬治旅館，所以他們從警察局領回馬丁．貝克的行李後就回去那兒。旅館本已客滿，但柯柏運用他的三寸不爛之舌，沒多久就安排出一間空房。

馬丁．貝克沒有自找麻煩去解開行李。他在考慮是否要打給人在島上度假的妻子，但意識到這時時間已晚。她不可能會興高采烈地在暗夜裡划船過海，只為了聽他在電話中說不知何時能趕回島上。

他脫了衣服進到浴室，正站在蓮蓬頭下時，聽到柯柏特有的敲門聲在通往走道的門上響起。他把鑰匙忘在門上了，一兩秒後，柯柏已經衝進來叫他。

馬丁．貝克關上蓮蓬頭，圍了條浴巾就走出去見柯柏。

「我忽然想到一件可怕的事，」柯柏說，「螯蝦季已經開始五天了，但你可能連一隻都還沒吃到。還是說，匈牙利也有螯蝦可吃？」

「據我所知是沒有，」馬丁．貝克說，「我連看都沒看到。」

「穿上衣服吧，我訂了位。」

餐廳客滿，不過已為他們保留了角落的座位，桌上擺著吃螯蝦的餐具。他們各自的盤子上放著一頂紙帽和紙圍巾，紙圍巾上以紅字印著一首詩。馬丁・貝克憂鬱地望著他的紙帽，帽子是藍色皺紋紙做的，亮光紙做的帽簷上面以金色大字印著「警察」。

螯蝦非常美味，他們進食的時候沒說什麼話。吃完後，柯柏還是覺得餓——他好像永遠吃不飽，所以又加點了一份牛排。等待上菜之際，他說：

「他離開的前一晚，有四男一女跟他在一起。我給你列了張清單，單子在我房裡。」

「太好了，」馬丁・貝克說，「很難查嗎？」

「還好，米蘭德幫了一點忙。」

「米蘭德，是啊。現在幾點？」

「九點半。」

馬丁・貝克站起來，留下柯柏自己吃著牛排。

米蘭德此時當然已經上床就寢，馬丁・貝克耐心地等電話響了幾聲，直到有人接聽。

「你睡著了嗎？」

「對，不過沒關係。你回來啦？」

「在馬爾摩。阿爾夫．麥森案怎麼樣了？」

「你要的東西我查出來了。現在要知道嗎？」

「是的，拜託你了。」

「等一下。」

米蘭德離開一下，馬上又回來。

「我寫了報告，不過放在辦公室。也許我可以憑記憶告訴你。」他說。

「我相信你可以。」馬丁．貝克說。

「報告是針對七月二十一日星期四而做的。阿爾夫．麥森當天早上先到雜誌社，從辦公室取了機票，再從現金櫃台領了四百克朗。然後他幾乎是馬上離開，到匈牙利大使館取了護照和簽證，之後回到福來明路，想必是回去打包行李。總之，他換了衣服。早上穿的是灰色長褲、灰色針織毛衫，機器織的藍色無領外套和米色麂皮鞋；下午和晚上穿的是鉛灰色的薄呢西裝、白襯衫、黑色針織領帶、黑鞋和灰米色的肋紋布大衣。」

電話亭裡很暖和。馬丁．貝克從口袋裡掏出一張紙。米蘭德邊說他邊寫。

「好，繼續。」他說。

「十二點十五分，他搭了計程車從福來明路到塘卡餐廳，在那裡跟斯汶—艾力克．墨林、培爾・孔柯維斯和琵雅・波特共進午餐。她的名字是英格麗，不過大家都叫她琵雅。麥森午餐時和午餐後都喝了幾杯啤酒。三點時，琵雅・波特先行離開，男人們繼續留下來。大約一個小時後，也就是四點——史迪・蘭德和亞克・葛那森來了，坐到他們那一桌。他們那時已經改喝威士忌。阿爾夫・麥森喝威士忌加水。談話內容是有關工作的事，不過，女侍記得曾聽到阿爾夫・麥森說他要出遠門。至於去哪裡，她沒聽見。」

「他喝醉了嗎？」馬丁・貝克說。

「一定是有點醉，不過看不出來，當時看不出來。你等一下好嗎？」

米蘭德又離開了一會兒。馬丁・貝克邊等邊打開電話亭的門，好讓些許空氣透進來。米蘭德回來了。

「只是去穿件睡袍。剛才說到哪兒？對了，塘卡餐廳。他們在六點離開——包括孔柯維斯、蘭德、葛那森、墨林和麥森，一起坐了計程車到金和平餐廳，在那裡吃飯喝酒。席間話題大部分是熟人、酒和女人。阿爾夫・麥森開始變得非常亢奮，對現場的女客大聲品頭論足。例如，據說他對一個坐在餐廳另一端的中年女藝術家叫道：『你那對奶頭美呆了，讓我把頭放在上面休息，怎麼樣？』九點半，他們一起搭計程車去劇院酒吧，在那裡繼續喝威士忌。阿爾夫・麥森喝的是威士忌加蘇打水。琵雅・波特本來人就在劇院酒吧，這時也加入他們。大約午夜時，孔柯維斯和蘭德先離開；將近一點時，琵雅・波特和墨林也一道走了。所有人都醉了。麥森和葛那森則留到店打烊，當時兩個人都醉得很厲害。麥森連走都走不直，還騷擾了幾名婦女。我還沒找出之後發生了什麼事，但推測他坐了計程車回家。」

「有人注意到他幾時離開嗎？」

「沒有，我約談的人都沒有。當時離開的人多少都醉了，工作人員又急著下班回家。」

「真是多謝你了，」馬丁・貝克說，「再幫我一個忙好嗎？明天一早到麥森的公寓去，看能不能找到他那天晚上穿的鉛灰色西裝。」

「你不是去過嗎？」米蘭德說，「在你去匈牙利之前？」

「對，但我不像你好記性。現在回去睡吧，我明早再打給你。」

他回到柯柏身邊去。柯柏這時已經把牛排跟飯後甜點全吃光了，只剩面前盤子上黏黏的粉紅色殘跡。

「他有什麼發現嗎？」

「我不知道，」馬丁・貝克說，「也許有。」

他們喝了咖啡。馬丁・貝克告訴柯柏有關布達佩斯、史魯卡、愛莉・波耶克和她德國朋友的事。之後他們搭電梯上樓回房。臨睡前，馬丁・貝克拿了柯柏打好的報告。

他脫下衣服，打開床頭燈，關掉頂頭大燈，上床開始讀報告。

英格麗・（琵雅）波特：一九三九年生於諾可平，未婚，祕書，在席金寶街五十一號有自己的公寓。

是麥森同一掛的人，但不太喜歡麥森，而且也許從未與他有過性關係。曾與史迪・蘭德交往一年，最近才分手，近來似乎和墨林在交往。在一家叫45工作室的服裝公司當祕書。

培爾・孔柯維斯：一九三六年生於盧梨，已離婚，晚報記者。與蘭德同住一間公寓，位於西維爾路八十八號。

是這夥人的一員，但不是麥森的好友。在盧梨離婚後一直住在斯德哥爾摩。酒喝得多，容易緊張和焦慮，看似愚蠢，卻是個好人。一九六五年五月曾犯酒駕罪。

史迪・蘭德：一九三二年生於哥登堡，未婚，攝影記者，與孔柯維斯同公司。現居西維爾路的公寓是公司的。

一九六〇年來到斯德哥爾摩，在那時認識麥森。早期常在一起，但近兩年只在上同一家酒吧才碰面。安靜溫和，酒喝得多，通常一醉就會倒在桌上睡著。曾是運動員，一九四五至五一年間曾參加擅長的越野長跑比賽。

亞克・葛那森：一九三二年生於芬蘭的潔可司達。未婚，記者，報導汽車新聞。自有公寓，位在司瓦登路六號。

一九五〇年到瑞典，曾在不同的汽車雜誌擔任記者，一九五九年起替日報社工作。更早曾做過各種工作，例如汽車修理工。說得一口幾乎沒有外國腔的瑞典話。今年七月一日搬到司瓦登路的公寓；之前住在哈加蘭。計畫在九月初和一位烏撒拉來的女孩結婚，她不是這一夥的。葛那森與麥森的友好程度跟前述各人相差無幾。他酒喝得多，以看不出酒醉聞名。似乎是滿聰明的男孩。

斯汶—艾力克・墨林：一九三三年生於斯德哥爾摩，已離婚，記者，在杜松稜市有房子。自稱是阿爾夫・麥森「最好的朋友」，卻常在背後說他壞話。四年前在斯德哥爾摩離婚，如期付撫養費，有時會去探望孩子。自大傲慢，態度粗魯，尤其是喝醉時，而且經常喝醉。被控酒駕兩次，分別是一九六三年和一九六五年。對於他跟琵雅・波特的關係非常不認真。

這一夥人還包括：克里斯・喬柏，商業藝術家；布羅・佛思格林，廣告業務代表；雷那・羅森，記者；班茲福斯，記者；傑克・梅瑞底斯，影片攝影師；和其他一些周邊人物。但這些人當中，無人出現在星期四的白天或晚上。

馬丁・貝克起身去拿和米蘭德通話時所做的筆記，然後回到床上。熄燈前，他將資料全數再讀過一遍——柯柏的報告，以及他自己潦草的筆記。

26.

八月十三日，星期六，天氣陰沉有風，往斯德哥爾摩的飛機緩緩逆風飛行。螯蝦的餘味到了這個時候已算不上好味道，而喝了航空公司提供的紙杯裝劣質咖啡也沒有助益。馬丁．貝克頭靠在震動的窗上，看著窗外的雲。

過了一會兒，他點了根菸，但菸味噁心得很。柯柏正在讀一份南瑞典的日報，嫌惡地瞄了那根菸一眼，可能也覺得不舒服。

至於阿爾夫．麥森，目前大家所知的是，他最後被人目擊可能是三週前——在布達佩斯杜那旅館的大廳。

飛機駕駛廣播說，斯德哥爾摩的天氣多雲，氣溫攝氏十五度，下著毛毛雨。

馬丁．貝克在菸灰缸裡按熄了菸：「你十天前在查的那起謀殺案，查清楚了嗎？」

「哦，是的。」

「沒困難吧？」

「沒有。就心理方面來講，簡直無趣透頂。兩個人都醉得跟豬一樣。住公寓的那個人坐在那裡猛罵另一個傢伙，直到對方發火拿瓶子砸他。然後他害怕了，又再砸他個二十來次。不過這些你都知道了。」

「那他之後沒有想逃走？」

「哦，當然。他回家把染血的衣服包起來，帶著一瓶酒精到思堪斯塔橋下面呆坐。我們只消把他捉回來就行。起先他全盤否認，後來倒是開始大吼大叫。」

他頓了一下，頭也沒抬地接著說：「那傢伙腦袋有問題，思堪斯塔橋！但想來他已盡了全力。」

柯柏放下報紙，看著馬丁・貝克。

「對，」他說，「他盡全力了。」隨後又低頭看報。

馬丁・貝克皺著眉，拿起昨天收到的清單再讀一遍。反覆閱讀，直到他們抵達目的地。他將清單放進口袋，繫好安全帶，接下來是幾分鐘的例行顛簸。飛機在風中搖晃，斜斜地滑下看不見的滑運道，過了花園、屋頂，在水泥地上蹦了兩下，然後，他終於能再呼氣了。

在國內班機的過境室等行李時，他們交談了幾句。

「你今晚要到島上嗎？」

「不，我要等一等。」

「這個麥森案的案情有點不對勁。」

「是的。」

「搞得我很火大。」

到了崔尼柏橋中間時，柯柏說：「更火的是，我們竟然還不斷在想這個鳥案子。麥森是個下三濫，如果他真的失蹤，也算好事一件；要是他逃了，遲早會有人逮到他，那也沒我們的事。而且，萬一他死在那邊，更不關我們的事。對吧？」

「對。」

「可是，這個人如果就這樣持續失蹤下去，那這案子我們豈不是要掛心個十年。天啊！」

「你這話不太合邏輯。」

「不合，當然不合。」柯柏說。

警局靜得有點不尋常，可是，當然了，今天是週六，而且畢竟還是夏天。馬丁．貝克的桌上有幾封沒什麼看頭的信，和一張米蘭德留下的便條紙：

「公寓裡有一雙舊的黑鞋，很久沒穿了。沒有深灰色西裝。」

窗外的風刮著樹頂，雨正打著窗玻璃。馬丁．貝克想起多瑙河和陽光普照的山上吹來的微風，維也納圓舞曲，夜裡柔和的暖風，大橋、碼頭。他小心地用手指摸摸腦後的腫塊，然後回到桌前坐下。

柯柏進來，看了看米蘭德的留言，抓抓肚子說：「無論如何，可能都跟我們脫不了關係。」

「是的，我想是。」

馬丁・貝克想了一下。

「你在羅馬尼亞時，有把護照交出去嗎？」

「有啊，警方在機場就把護照收走了，一個星期後我才在旅館取回。我看著自個兒的護照被擱在格子裡好幾天，最後才拿到手。那是一間大旅館，警方每晚都抱著一大捆護照過來。」

馬丁・貝克把電話拉過來。

「布達佩斯298-317，指定受話人維摩斯・史魯卡少校。是的，S-Z-L-U-K-A少校。不，是在匈牙利。」

他回到窗前，一語不發地凝視著窗外的雨。柯柏坐在客椅上，研究自己的指甲。兩人既沒說話也沒動作，直到電話鈴聲響起。

有人以非常蹩腳的德語說：「是的，史魯卡少校馬上就來。」

先入耳的是迴響在迪菲倫警局總部的腳步聲，接著傳來史魯卡的聲音：「早，斯德哥爾摩那邊情形如何？」

「刮風又下雨，而且很冷。」

「哦，這邊華氏八十五度以上，可說是太熱了。我還正想著要去帕拉提努斯浴場呢。有什麼新消息嗎？」

「還沒。」

「這裡也是，我們還沒找到他。有什麼我能幫忙的？」

「在觀光季裡，有時是不是會有人遺失護照？」

「是的，很不幸。這很麻煩，還好與我們無關。」

「你能否找找，七月二十一日後，是否曾有外國人報案說在伊夫沙嘉或杜那旅館遺失護照？」

「當然。但我說過，那不歸我們部門管。五點之前回答你可以嗎？」

「什麼時候都好。還有一件事。」

「什麼？」

「如果有人報失，你能否查查這人的長相嗎？簡單形容就好。」

「我五點整打給你。再見。」

「再見，別忘了去泡個澡。」

他放下聽筒。柯柏狐疑地看著他。

「他媽的，泡澡是怎麼回事？」

「硫磺浴，人坐在大理石扶手椅上，浸在水裡。」

「哦。」

短暫的沉默過後，柯柏抓抓頭說：「所以，他在布達佩斯穿的是藍色西裝外套、灰色長褲和褐色鞋子。」

「是的，還有雨衣。」

「而且他的行李箱裡有一件藍色西裝外套。」

「是。」

「和一條灰色長褲。」

「是。」

「和一雙褐色鞋子。」

「是。」

「而他出發前一晚穿的卻是深色西裝和黑色鞋子。」

「是的，還有雨衣。」

「可是鞋子和西裝都不在公寓裡。」

「不在。」

「老天！」柯柏簡單說了一句。

「是呀。」

房裡的氣氛一變，似乎不再那麼緊張。馬丁·貝克翻遍抽屜，找到一根乾巴巴的佛羅里達牌香菸，點了起來。他就和馬爾摩那個人一樣，也在戒菸，只是更三心二意。

柯柏打個呵欠，看看錶。

「我們找個地方吃飯怎樣？」

「好，有何不可呢。」

「去塘卡如何？」

「當然。」

27.

風變弱了。伐沙公園裡，小雨正輕輕打在兩排賓果攤位、旋轉木馬，以及兩位穿著黑雨衣的警察身上。旋轉木馬正在轉動，其中一匹漆繪木馬上坐著一個孤單的孩子——一個穿著紅色塑膠雨衣、雨帽的小女孩。她表情嚴肅，雙眼直視前方，在雨中轉呀轉。她的父母站在不遠處的一把傘下，眼神憂鬱地望著遊樂場。從公園那兒吹來一陣濕葉混雜著綠樹的清新氣味。這是週六下午，而且，畢竟還是夏天。

公園斜對面的餐廳幾乎空無一人。裡邊唯一能聽到的是兩位年老常客令人安心的翻報窸窣聲，和射鏢室傳來的微弱中靶聲。馬丁．貝克和柯柏在吧台找了位子坐下，與麥森和他一夥記者朋友最喜歡聚集的桌子相隔六呎遠。那張桌子現在空無一人，但桌子中央的玻璃杯裡放著一張紅色預訂卡，想來這是固定的擺設。

「現在已過午餐時間，」柯柏說，「再過一個小時，用餐人潮又會開始湧進。這裡一入夜就會擠滿互撒啤酒的人，你想踏進來都很難。」

這裡的氣氛不適合長篇大論，他們無言地吃了一頓遲來的午餐。外頭的瑞典夏日正下著傾盆大雨。柯柏喝光一杯啤酒，摺起餐巾擦擦嘴說：「那邊要過邊境很難嗎？如果沒有護照的話？」

「相當難。聽說邊境守得很嚴，路不熟的外國人很難過得了。」

「假如按一般途徑離開，護照上就必須有簽證？」

「對，而且還要有出境許可。那是入境時給的一張紙，出境前都得夾在護照裡，檢查人員會在你出境時抽走，警方也會在簽證旁蓋章。你看看。」

馬丁・貝克從內口袋取出護照，放在桌上。柯柏仔細研究過戳印後說：

「假設你有簽證，又有出境許可，那就可以出入任何國家了？」

「對。你有五個國家可選——捷克、蘇聯、羅馬尼亞、南斯拉夫和奧地利，而且可以任選交通工具，飛機、火車、汽車或船。」

「船？從匈牙利嗎？」

「是的，從多瑙河。由布達佩斯坐水翼船到維也納或布拉第斯拉瓦，只要幾個小時。」

「而且也可以騎腳踏車、走路、游泳、騎馬或用爬的？」柯柏說。

「對，只要你到得了邊界。」

「而且可以不持簽證就到奧地利和南斯拉夫？」

「那要看你拿的是哪種護照。如果是瑞典、德國或義大利的護照就不需要；持匈牙利護照的話，不需簽證就可以去捷克或南斯拉夫。」

「但他不可能那麼做？」

「不可能。」

他們接著喝咖啡，柯柏還在看著護照上的戳印。

「你進卡斯特洛機場時，丹麥人不會在你的護照上蓋章。」他說。

「不會。」

「所以換句話說，沒有證據顯示你回到瑞典了。」

「沒有。」馬丁・貝克說。

過了一會兒，他又說：「但是，話說回來，我明明就坐在這裡，不是嗎？」

過去半小時裡，已經有許多客人來到餐廳，桌位不夠了。一個年約三十五歲的男子進來，坐進放有紅色預訂卡的桌位，叫了杯啤酒，翻著晚報，似乎很無聊。他不時焦急地看看門口，像是在等人。他留著鬍子，戴著厚厚的眼鏡，身穿褐色格紋粗呢夾克、白襯衫、褐色長褲和黑鞋。

「那是誰？」馬丁・貝克問。

「不知道，他們看起來都很像。而且，有些傢伙偶爾才會出現。」

「總之那不是墨林，因為我認得他。」

柯柏看了那人一眼。

「也許是葛那森。」

馬丁・貝克想了想。

「不是，我也見過葛那森。」

一個女人走進來。她有一頭紅髮，相當年輕，身穿磚紅色的羊毛衫、粗呢裙子和綠色長襪。她撫著鼻子，眼光掃過大廳，一邊自在地移動著，坐進那張有紅卡的桌位，說：「嗨，培爾。」

「嗨，甜心。」

「培爾，」柯柏說，「那是孔柯維斯，而她是琵雅・波特。」

「為什麼他們都蓄鬍？」

馬丁・貝克若有所思地問，好像這個問題已經讓他思考許久。

「也許他們都不是本人。」柯柏嚴肅地回說。

他看看錶。

「好給我們添麻煩。」

「我們該回去了，」馬丁・貝克說，「你有叫史丹斯壯過來嗎？」

柯柏點點頭。他們離開時，聽到那個叫培爾．孔柯維斯的人對著女侍喊道：

「再來一杯啤酒！這一桌！」

•

警局裡非常安靜，史丹斯壯正坐在樓下辦公室裡玩撲克牌接龍。

柯柏投給他一個責難的眼光，「你現在就開始玩那個？那等你老了之後怎麼辦？」

「坐著想我現在正在想的事：我為什麼坐在這裡？」

「你去查些不在場證明，」馬丁．貝克說，「萊納，那張清單拿給他。」

史丹斯壯接過清單，看了一眼。

「現在嗎？」

「對，今晚。」

「墨林、蘭德、孔柯維斯、葛那森、班茲福斯、琵雅．波特。這個班茲福斯—Bengtsfors是誰？」

「那個是搞錯了，」柯柏陰鬱地說，「應該是班．福斯才對。我打字機上的t黏到s了。」

「也得問那女孩嗎？」

「是的，你高興的話，」馬丁・貝克說，「她現在人正在塘卡。」

「我能直接問他們嗎？」

「有何不可？就當阿爾夫・麥森案的例行調查。現在大家都知道是怎麼回事。還有，緝毒組那邊的情況如何？」

「我和雅克森談過，」史丹斯壯說，「他們很快就能結案。這邊的藥頭一知道麥森玩完了，就紛紛招供。麥森直接賣這玩意兒給幾個自暴自棄的傢伙，而且拿的是天價。順便一提，我有個想法。」

「你在想什麼？」

「有沒有可能是某個受他剝削的可憐蟲——也就是說，他的顧客——對他厭煩了？」

「有可能。」馬丁・貝克鄭重地說。

「尤其是在電影裡，」柯柏說，「美國電影。」

史丹斯壯把那張紙放進口袋，站了起來。他在門口停下來，生氣地說：「這裡有時候也可能發生特別的事情啊。」

「也許啦，」柯柏說，「但你忘了，麥森是在匈牙利失蹤的，他是去為他可憐的顧客取貨的。快滾吧你。」

史丹斯壯走了。

「你真是刻薄。」馬丁・貝克說。

「他好歹也用腦袋想一想。」柯柏說。

「他就是在想啊。」

「哈！」

馬丁・貝克走到走廊。史丹斯壯正在穿大衣。

「檢查他們的護照。」

史丹斯壯點點頭。

「不要單獨行動。」

「他們很危險嗎？」史丹斯壯挖苦地問。

「照慣例來。」馬丁・貝克說。

他走回辦公室。柯柏和他靜靜坐著，直到電話響起。馬丁拿起聽筒。

「您打到布達佩斯的電話七點才會回，不是五點。」接線生說。

他們花了一點時間理解這個消息，接著柯柏才說：「老天，真無趣。」

「是，」馬丁·貝克說，「不太有趣。」

「兩個小時耶，」柯柏說，「我們開車去繞繞，查看查看好不好？」

「好，有何不可？」

他們開過西橋。週六的交通稀稀疏疏，橋上幾乎空無一人。他們在橋頂和一輛減速的德國觀光巴士擦身而過。馬丁看見車內的乘客站起來，凝望著銀色海灣之外、霧濛濛的城市輪廓。

「墨林是唯一住郊區的，」柯柏說，「我們先查他。」

他們繼續駛過李耶何橋，柯柏從住宅區的主要道路轉彎，沿著狹路繞了一會兒才找到房子。他慢慢開著車子經過樹籬和圍欄，讀著門柱上的名姓。

「找到了，」他說，「墨林住在左半邊，你可以看到他家陽台。這房子以前一定是同一戶，但現在隔開了。另一戶入口在後面。」

「住在另外半邊的是誰？」馬丁·貝克問。

「一個退休的海關官員和他妻子。」

房子前面的花園一片荒蕪，園內的蘋果樹扭曲多節，漿果叢生長過茂。但樹籬倒是修剪整齊，白籬笆看來還像是剛漆過。

「這花園很大，」柯柏說，「而且樹蔭濃密。你還要再看看嗎？」

「不用了，繼續開。」

「那麼，我們去司瓦登路，」柯柏說，「葛那森他家。」

他們開車回到市區南邊，把車停在摩思貝克廣場。

司瓦登路六號就在廣場旁，是一棟老舊建物，有一座鋪面的大庭院。葛那森住在三樓，面向街道。

「他在這兒沒住多久。」馬丁・貝克在他們回到車裡時說。

「七月一日才搬進來。」

「他以前住在哈加蘭。你知道地址嗎？」

柯柏在紅燈前停了下來。

他朝劇院酒吧的大角窗點了一下頭。

「也許他們現在正坐在裡面，」他說，「所有人，除了麥森以外。你剛剛說哈加蘭嗎？有，我有地址。」

「那麼我們晚點過去，」馬丁・貝克說，「沿濱海大道開，我想看船。」

他們沿著濱海大道行駛。一座碼頭上泊著一艘白色的海船，船尾飄著美國國旗；再過去，有一艘波蘭汽艇，旁邊停了兩艘亞蘭帆船。

在琵雅・波特住處的席金寶街建物入口，有個戴格紋防水帽和斗篷的小男孩，正模仿馬達聲音，推著一台塑膠雙層巴士，在台階前來來回回。當他停下巴士讓柯柏和馬丁・貝克通過時，馬達聲變弱，而且斷斷續續。

史丹斯壯正沉著臉，站在入口處看著柯柏給的清單。

「你怎麼在這兒閒晃？」柯柏說。

「她不在家，也沒在塘卡。我正在想接著要去哪裡。不過，你若要接手，我就可以回家了。」

「試試劇院酒吧。」柯柏說。

「對了，怎麼只有你一個人？」馬丁・貝克問。

「我和隆恩一起，他馬上回來。他剛回家去給他老媽送花，今天是她生日，她就住在轉角那邊。」

「進行得如何？」馬丁・貝克問。

「我們查了蘭德和孔柯維斯。他們大約在午夜時分離開劇院酒吧，然後直接到漢堡交易所去，在那裡碰到兩個認識的女孩。大概三點時，他們帶其中一個回家。」

他看著單子。

「她姓思文森，住在林汀島。直到星期五早上八點，他們才一起搭計程車去上班。一點時，他們去了塘卡，在那裡坐到五點，然後去卡斯達採訪。其他的我還沒來得及查。」

「我知道了，」馬丁·貝克說，「繼續查，我們七點過後會在局裡。如果查完沒太晚，就打個電話過來。」

在他們開往哈加蘭時，雨下得更大了。當柯柏把車停在葛那森兩個月前所住的矮公寓外時，雨水已是傾盆倒在玻璃窗上，擊打著車頂的雨聲更是震耳欲聾。

他們拉上衣領，跑過人行道，進入大門。這幢建物有三層樓高，二樓的某道門上有人用大頭釘釘著一張名片。這個名字也出現在入口廳的住戶名單上，而且白色塑膠字母看起來也比其他人的白亮、嶄新。

他們回到車裡，繞著這個街區轉了一圈，接著停在這幢建物前面。葛那森住過的公寓只有兩扇窗戶，而且似乎只有一間房。

「那公寓一定很小，」柯柏說，「既然要結婚了，他當然得搬到大一點的地方。」

馬丁·貝克看著車窗外的雨。他覺得好冷，想抽根菸。街道另一邊有一片空地和長滿樹的斜坡，空地遠端有一棟新蓋的高樓，隔壁還有一棟正在興建中；整片地可能會蓋滿一排一模一樣的高樓。從葛那森住的這個寒酸地段看過去，這裡過去至少還算視野開闊，景色宜人，可是如今這也將被人破壞殆盡了。

空地中央有一棟屋舍燒毀的焦黑殘跡。

「火災嗎？」他指著那房子問道。

柯柏探身向前，望穿雨勢仔細觀看。

「那是一棟舊農舍，」他說，「我記得去年夏天還見過。滿好的一棟老木屋，但是沒人住。我想是消防隊燒的。你知道，練習滅火。他們先放火再滅火，然後再放火滅火，一直練到沒房子可練為止。這麼一棟漂亮的老屋子，可惜了。不過，他們也許需要這塊地來蓋房子。」

他看看錶，發動引擎。

「我們得開快點，才能接到你那通電話。」他說。

豪雨打在擋風玻璃上，柯柏必須小心駕駛。回程路上他們都沒說話。下車時天色已黑，再過五分鐘就是七點。

電話在七點整響起，精準得似乎不太自然。的確不自然。

「萊納死到哪裡去了？」電話那頭的柯柏太太說。

馬丁・貝克把聽筒交給柯柏，試著不去聽接下來的對話。

「是的，我馬上就來……是的，一會兒就來，我說了……明天？有困難，我正在等……」

馬丁．貝克遁入洗手間，直到聽見電話掛了才出來。

「我們該生幾個孩子的，」柯柏說，「可憐的小東西，老是孤伶伶地坐在家裡等我。」

他們結婚才六個月，所以一切大概都還能順利解決。

過了一會兒，電話來了。

「對不起，久等了，」史魯卡說，「這邊星期六要找人比較困難。不過，你是對的。」

「你是說護照的事嗎？」

「是的。有個比利時學生在伊夫沙嘉旅館遺失護照。」

「什麼時候？」

「目前還不知道。他是在七月二十二日星期五下午抵達旅館，阿爾夫．麥森也在同一天晚上抵達。」

「這就符合了。」

「是的，可不是嗎？問題是，這個人名叫洛德，第一次來匈牙利旅遊，不知道這裡的規矩。他聲稱，他以為交出護照、直到離開旅館才拿回來是很自然的事。而他預計停留三個星期，所以沒多想，也沒主動討回護照。直到星期一，也就是我們第一次見到他，而他需要拿護照去申請保加利亞簽證的那一天。這些當然都是這個人自己說的。」

「有可能是實話。」

「是的，當然。旅館櫃台方面馬上反應說，在洛德抵達的隔天早上，也就是阿爾夫・麥森搬到杜那旅館、然後失蹤的同一天，護照就已經發還給洛德。洛德發誓說他絕對沒拿到護照，而旅館人員也同樣確定，在星期五當晚已把護照放在他的置物格裡，因此，他星期六早上下樓時應該就已收到。這是例行作業。」

「有人記得他確實收到了嗎？」

「沒有，這樣要求就嫌超過了。每年此時，旅館櫃台人員常常單一天就會收到五十本之多的外國護照，此外還得發還同數量的護照。而且，將護照分發放到置物格裡的人和隔天早上發還護照的人還不一樣。」

「你有見到這個洛德嗎？」

「有，他還住在那家旅館。他的大使館正在替他安排回國事宜。」

「結果呢？我是說，吻合嗎？」

「他有鬍子。除此之外，從相片看來，也不見得特別像；但不幸的是，護照上的相片經常也不像本人。很可能有人在夜裡偷走置物格裡的護照，這很簡單。旅館夜間只有一個服務員，他自然有背過身子或離開崗位的時候。而且境檢處檢查護照的官員，在觀光客大量進出邊境時，也沒時間仔細研究面貌。假設貴國這位同胞拿了洛德的護照，那麼他很可能用這本護照出國了。」

一陣短暫沉默過後，史魯卡說：

「總之，有人這麼做了。」

馬丁．貝克坐直身子。

「你確定？」

「是的，二十分鐘前才剛得到的消息。洛德的出境許可在我們的檔案裡，是在七月二十三日星期六下午交給赫耶夏隆邊境的警察。交還者是布達佩斯—維也納快車上的一名旅客，而那位旅客不可能是洛德，因為他人還在這裡。」

史魯卡又頓了一下，然後猶疑地說：「我推測，這表示麥森已經離開匈牙利。」

「不，」馬丁．貝克說。「他根本沒去匈牙利。」

28.

馬丁・貝克沒睡好，早早便起床。他位在巴卡莫森的公寓住處陰沉、毫無生氣，熟悉的物件似乎也變得憂鬱而令人生厭。他淋了浴，刮了臉，細心得體地穿上剛燙好的灰色西裝，走到陽台。雨停了，他看看溫度計，華氏六十度。他為自己準備了茶和餅乾——可憐暫時失婚男人的早餐——隨即坐下來等。

柯柏九點到，史丹斯壯也在車裡，他們一起開去警察局。

「事情進行得如何？」馬丁・貝克問。

「還可以。」史丹斯壯翻閱著筆記說。

「墨林那個週六在工作，這點很明確，他從早上八點就在辦公室。那個週五，他似乎是宿醉在家睡覺。我們對在家睡覺這一點有爭議。他說他不是在睡覺，而是醉倒了。『你不知道醉到感覺有小惡魔坐在你的枕頭上是什麼狀況嗎，條子老兄？好，那你只適合當警察，因為你他媽的什麼也不懂。』我把那段話寫下來了，逐字逐句。」

「為什麼會有小惡魔？」柯柏說。

「那就不得而知了，他自己似乎也不清楚。週四和週五之間的夜裡做了什麼，他也記不得了。他還說幸好不記得。真是個自大難搞的傢伙。」

「繼續。」馬丁・貝克說。

「好。昨天我說已經弄清楚蘭德和孔柯維斯的行蹤，這點報告上恐怕說錯了。結果，和那些女孩子去林汀島的其實不是孔柯維斯，而是福斯。換句話說，是孔柯維斯和蘭德去了卡斯達，而且是週六、而不是週五去的。細節有點混亂，但我想蘭德第一次陳述時並沒說謊，而是他確實記不清了。他和孔柯維斯似乎是這群人當中醉得最厲害的，他把所有細節全都搞混。福斯比較清醒。我是問了他之後才釐清狀況。蘭德一到女孩住處就倒了，週五一整天都不醒人事，然後，週六早上，他打電話給福斯。福斯開車來接他去酒吧；不是蘭德記得的塘卡，而是劇院酒吧。蘭德吃了東西，兩杯啤酒下肚後又復活了。他回家去載孔柯維斯和他所有的攝影器材。孔柯維斯那時在家裡。」

「在那之前，他都在做什麼？」

「寂寞難過地躺在家裡，他說。唯一確定的是，週六下午四點半時，他的確在那裡。」

「有查證過嗎？」

「有，他們晚上到達卡斯達的旅館。孔柯維斯說他自己也有嚴重宿醉；蘭德卻說他太亢奮了，不可能。還有，蘭德沒有蓄鬍。這點我有寫下來。」

「嗯。」

「再來是葛那森，他的記憶力好些。週五他坐在家裡寫稿，週六早上先是在辦公室，後來晚上交了幾篇文章。」

「你確定嗎？」

「不確定。那裡的辦公室很大，沒有人記得有什麼特別的事。他的確交了一篇稿，但也可能是早上或晚上交的。」

「那麼護照呢？」

「等等，琵雅．波特也很清楚，但她不願說出週四晚上人在哪裡。我感覺是她跟某人睡覺去了，可是不想說出名字。」

「聽起來有可能，」柯柏說。「週四××之類的。」

「你說××是什麼意思？」史丹斯壯問。

「沒什麼，那樣說有點下流。」

「繼續。」馬丁．貝克說。

「總之，週六那天，她從早上十一點就在家裡陪媽媽。我慎重地查了一下，是真的。好，現在來談護照。墨林拒絕出示護照。他說，他不需要在自己家中證明自己的身分。蘭德的護照近乎全新，最後一個戳印日期是六月十六日，從以色列回來時在阿蘭達蓋的，似乎沒問題。」

「拒絕出示護照！」柯柏說，「你居然由著他。」

「琵雅・波特只在兩年前去過馬瑤卡島一個星期。孔柯維斯的護照是舊的，上面亂七八糟，寫滿筆記塗鴉；最後一個戳印是五月從英國回來時在哥登堡蓋的。葛那森的護照也是舊的，幾乎滿了，但比較乾淨一點。他有在阿蘭達蓋的戳印，五月七日出國，十日回國。他說他去了畢藍可的雷諾車廠，顯然法國不在護照上蓋章。」

「對，是不蓋。」馬丁・貝克說

「還有其他人，我還沒時間全部查清楚。克里斯・喬柏和家人在他們阿爾夫喬的家裡。那個梅瑞底斯是美國人——有色人種，順便提一下。」

「我們得跳過他，」柯柏說，「反正又不能逮捕，否則媒體會私刑侍候的。」

「喂，你還真是無可救藥的笨。」

「我一向如此。總之，我想你不必再查下去了。」

「對，我想不必再查了。」馬丁・貝克說。

「你知道是誰了嗎？」史丹斯壯說。

「我們大概知道吧。」

「是誰？」

柯柏瞪著史丹斯壯。

「你自己想想，老弟。」他說。「首先，去布達佩斯的是阿爾夫·麥森嗎？麥森會帶了一筆錢去進貨，卻沒有行動，而且把袋子裡的錢留在旅館嗎？麥森會把鑰匙丟在警察局門外嗎？他應該要一看見警察局就繞道而行才對吧？他為什麼要用這種急就章的方式表演自願失蹤？」

「不，當然不會。」

「麥森怎麼可能穿著藍色西裝外套、灰色褲子、麂皮皮鞋去匈牙利旅行，但行李箱裡還裝著完全相同的衣服？他前一晚穿的那套深色西裝到哪兒去了？為何不在袋子裡，也不在公寓裡？」

「好，不是麥森。那會是誰？」

「這位仁兄有麥森的眼鏡和雨衣，還留了鬍子。被看到最後跟麥森在一起的人是誰？至少在週六晚上之前，沒有任何不在場證明的是誰？這夥人裡面，夠清醒、夠聰明到能編造出這套計劃的，又是誰？你想一想吧。」

史丹斯壯的臉色非常凝重。

「我還想到另外一點。」柯柏說。

他在桌上攤開布達佩斯的地圖。

「看看這裡。旅館在這裡，而這裡是中央車站還是什麼的。」

「布達佩斯西站。」

「或許。如果從旅館走到車站，我會走這個方向，因此會經過警察局。」

「對，但這麼一來就走錯車站了。往維也納的火車是從這裡的東舊站出發的。」

柯柏沒說話，繼續盯著地圖。

馬丁・貝克攤開一張蘇納地區的藍圖，朝史丹斯壯點點頭。

「去蘇納警局，」他說，「要他們把這個地區用繩子圍起來，那裡有一間燒剩的房子。我們隨後就到。」

「現在，馬上嗎？」

「對。」

史丹斯壯走了。馬丁・貝克搜到一根香菸，點了起來。他看著靜坐不動的柯柏，不發一語地抽著菸，然後熄了菸說：「好，我們走吧。」

柯柏在週日空盪盪的街道上疾駛，過橋。太陽從翻捲的雲層後方探出來，微風吹過海面。馬丁・貝克心不在焉地看著一群小帆船，環繞在一個海上的航標周圍。

他們不發一語地行駛，把車停在昨天同一位置。柯柏指著停在過去一點的一輛黑色蘭吉雅。

「那是他的車，」他說，「他可能在家。」

他們穿過過司瓦登路，推開門進入建物。空氣陰冷而潮濕，他們沉默地踏著磨損的樓梯，走上五樓。

29.

門立刻就開了。

站在門前的人穿著睡袍和拖鞋，看來非常驚訝。

「抱歉，」他說，「我以為來的是我未婚妻。」

馬丁・貝克馬上認出他來。在他出發前往布達佩斯的前一天，墨林在塘卡餐廳指認的就是此人。他有一張開朗愉快的臉、冷靜的藍眼和強壯的體格，但蓄有鬍子和身高中等這點，則跟那位比利時學生洛德一樣，是與麥森唯一相似之處。

「我們是警察局來的，我叫貝克。這位是柯柏警探。」

介紹得生疏而客氣。

「柯柏。」

「葛那森。」

「我們可以進去一下嗎？」馬丁・貝克說。

「當然。有什麼事嗎？」

「我們想談談阿爾夫・麥森。」

「昨天也有個警察來問同樣的問題。」

「是，我們知道。」

馬丁・貝克和柯柏走進公寓時，變化發生了。不知不覺地，兩人同時由緊張不安和高度警覺，轉變成職業性的冷靜與果斷。他們知道會發生什麼事，以前也有過相同經歷。

他們一語不發地走過公寓。這間公寓寬敞明亮，布置得仔細而用心，不過卻給人有點還沒真正住進來的感覺。許多家具都還是新的，彷彿櫥窗中的擺設。

公寓裡的兩個房間有臨街的窗戶，臥室和廚房則面向庭院。通往浴室的門開著，裡面亮著燈。顯然此人剛才在洗澡，聽到他們按門鈴才趕緊穿上衣服。臥室裡兩張寬大的床並排而放，其中一張剛有人睡過。床邊茶几上有一瓶半空的礦泉水、一只玻璃杯、兩個藥盒和一張裝框的相片。房裡還有一張搖椅、兩張凳子和一個有抽屜的化妝台，台上有可移動的鏡子。相片裡是個年輕女子，金髮、五官端正，眼睛顏色很淡；她沒有化妝，但脖子上有一條銀鍊子，一條所謂的俾斯麥鍊子。馬丁・貝克認得出來，因為十六年前他也送給妻子一條完全一樣的。參觀完畢，他們回到書房。

「請坐。」葛那森說。

馬丁・貝克點點頭，坐進桌邊一張顯然是雙人座的籐椅。穿睡袍的男子繼續站著，瞥了仍在公寓四處走動的柯柏一眼。

手稿、書本和紙張整齊地堆在桌上，打字機上有一張已經開始打字的紙，電話旁是另一張裝在相框裡的相片。馬丁・貝克一眼便認出這名戴著銀鍊子的金髮女子，只不過，這張是在戶外拍的。她仰著頭，對著拍攝者笑，風扯亂了她的頭髮。

「有什麼我能幫忙的嗎？」穿著睡袍的人客氣地問道。

馬丁・貝克直視著他。他的眼睛依然湛藍，眼神依然鎮定。房裡很安靜，聽得到柯柏正在公寓的另一頭忙著，大概是浴室或廚房。

「告訴我發生什麼事。」馬丁・貝克說

「什麼時候？」

「七月二十二日晚上，你和麥森離開劇院酒吧之後。」

「我說過了，我們在街上分開後，我就搭計程車回來。他不順路，所以等下一部車。」

馬丁・貝克的前臂擱在桌上，看著相片中的女子。

「我可以看看你的護照嗎？」

這個人繞過桌子，坐下來拉開抽屜。籐椅發出聽來親切的嘎吱聲。

「這裡。」

馬丁・貝克翻翻護照，這本護照又舊又破，而且最後一個章確實是五月十日在阿蘭達蓋下的。再下一頁，也就是護照最末頁，寫了一些筆記，其中有兩個電話號碼和一首短詩。封底內面也寫滿筆記，大部分看來是車或引擎的評語，是很久以前匆匆寫下的。詩是用綠色原子筆斜著寫，他把護照轉過來看：

丹地有個年輕人，
他說：他們不能沒有我。
沒了我和我的座位，
房子就不完善。
我的縮寫是ＷＣ

桌子那頭的人隨著他的目光解釋說：「那是一首五行打油詩。」

「明白。」

「這跟溫斯頓・邱吉爾有關，據說還是他本人做的。我在從巴黎回來的班機上聽到，心想這太妙了，我一定得寫下來。」

馬丁・貝克沒說話，他盯著這首詩看。在字跡下，紙張的顏色較淺，而且有幾處不該出現的小綠點，有可能是蓋在背面的章透過來的，但背面沒有這樣的章。史丹斯壯應該要注意到這點的。

「如果你不是在哥本哈根搭飛機，而是坐渡輪到瑞典，就可省了這些麻煩。」他說。

「我不知道你在說什麼。」

電話鈴響，葛那森接起電話。柯柏進到房間裡。

「是找你們其中一人的。」穿睡袍的男子說。

柯柏接過電話，聽過後說：「哦，好。那麼開始行動。對，在那裡等，我們很快就到。」

他放下聽筒。

「是史丹斯壯。消防隊上週一把屋子燒了。」

「我們的人正在檢查哈加蘭火燒屋的餘燼。」馬丁・貝克說。

「你怎麼說？」柯柏說。

「我還是不懂你在說什麼。」睡袍男子說。

他的眼神依舊清朗鎮定。一陣沉默過後，馬丁・貝克聳聳肩說：「進去穿衣服吧。」

葛那森一言不發地走向臥房，柯柏尾隨在後。

馬丁・貝克留在原地，動也不動，目光停留在那張相片上。這其實不重要，但不知怎麼地，他有點惱怒談話就這樣結束了。看過護照後，他完全確定了。但消防隊練習場那個想法純屬揣測，結果極有可能是錯的。如此一來，如果這個人的態度不變，調查行動就會很棘手。但這不是他感到不滿的主因。

五分鐘後，葛那森穿著灰色毛衣和褐色長褲回來。他看看錶說：「我們可以走了。但我等一下有客人要來。我會很感激的，如果……」

他微笑，沒把話說完。馬丁・貝克坐在原處。

「我們不趕時間。」他說

柯柏從臥室裡出來。

「那件長褲和藍色西裝外套還掛在衣櫃裡。」他說。

馬丁・貝克點點頭。葛那森來回踱步，現在他有點緊張了，但表情仍和先前一樣，十分鎮定。

「也許事情沒有表面上那麼糟，」柯柏友善地說，「你不必這麼絕望啦。」

馬丁．貝克飛快看了柯柏一眼，隨即再看看葛那森。柯柏顯然是對的。葛那森已經放棄了，他知道遊戲玩完了，他在他們進門的那一刻就已經明白。這種感覺也許像繭一般封裹著他，卻無法徹底保護他。該做的事仍然令人非常不愉快。

馬丁．貝克靠在椅背上等著，柯柏一言不發地杵在臥房門邊。葛那森繼續站在房中央。他又看了看錶，但是沒開口。

過了一分鐘、兩分鐘，三分鐘。他又看了看錶，也許純粹是反射動作，卻看得出來他有點煩躁。再過兩分鐘，他又看了一次。但這次他用左手背摸過臉，試圖掩飾看手腕的動作。街尾某處有輛車門砰地關上。

他開口想說話，卻只吐出兩個字：

「如果……」

他隨即反悔，朝電話走了兩步說：「抱歉，我得打個電話。」

馬丁．貝克點點頭，固執地注視著電話。018，烏撒拉的地區號碼。一切都符合。六個數字。第三聲鈴響時有人接起。

「哈囉，我是亞克。安路易絲出門了嗎？」

「哦。什麼時候？」

馬丁・貝克直覺聽到一個女人的聲音說：「大約十五分鐘前。」

「哦，好的。謝謝，再見。」

葛那森放下聽筒，看看錶，語氣輕快地說：「那麼，我們現在可以走了吧？」

沒人回答。過了好長的十分鐘後，馬丁・貝克說：「坐下來。」

那人很猶豫地照做。他似乎很努力地坐穩，但籐椅一直嘎吱作響。當他再次看錶時，馬丁・貝克看到他的手在發抖。

柯柏打了個哈欠，這若不是刻意，就是太緊張，一時難以判定是何者。兩分鐘過後，葛那森問：「我們在等什麼？」

第一次，他甚至連聲音也透露出一絲不安。

馬丁・貝克看著他，一聲不吭。他不知道桌子另一頭的男子要是忽然發現，這沉默對他和他們來說都是一種壓力時會怎麼樣。這對他來說也許沒什麼助益。從某方面而言，現在，他們全都在同一條船上了。

葛那森看看錶，拿起桌上的筆，隨即又放回原處。

馬丁・貝克移開視線，看著相片，再看看錶。方才那通電話之後已過了二十分鐘，再怎麼不濟，他們至少還有半小時可用。

他又看看葛那森，發現自己在想著自己和他之間的共同點：吱嘎作響的大床，景色，船，房間鑰匙，河上飄來的濕熱空氣。

他現在大方地直接看著錶。不知為何，此舉似乎刺激到了那個人——也許這提醒了他們之間有共同利益的事實。

馬丁．貝克和柯柏對望了在這三十分鐘以來的第一眼。如果沒弄錯，事情很快就會結束。

三十秒後，葛那森崩潰了。他先看著一人，繼而再望向另一人，然後清清楚楚地說：「好吧，你們想知道什麼？」

沒人答話。

「對，你們當然沒錯，就是我。」

「怎麼發生的？」

「我不想談。」他含糊地說。

他現在固執地低頭看著桌子。柯柏皺眉看了他一眼，朝馬丁．貝克使了個眼色，點點頭。

馬丁．貝克深吸一口氣。

「想必你知道，我們總會查明真相的，」他說，「有很多目擊證人可以指認你，我們會找到當晚載你回家的計程車，司機會記得你是不是獨自回來。會有專家來檢查你的車和公寓，還有哈加蘭那幢燒毀的房子。如果那裡有屍體，燒剩下的我想也夠用了。這些現在都無關緊要。阿爾夫・麥森無論出了什麼事，人去了哪兒，我們都會找到。你能隱瞞的不多——總之，你瞞不了什麼重要的。」

葛那森直直看著他說：「既然如此，我不明白你們這些舉動有什麼意義。」

馬丁・貝克知道，這句話他會記得許久，也許餘生都會記得。

柯柏打破僵局，他不動聲色地說：「我們有責任告訴你，你涉嫌過失殺人，或可能蓄意殺人。當然，你有權在正式審問時聘用法律代表。」

「阿爾夫和我一同上了計程車，我們回到這裡。他知道我有一瓶威士忌，堅持要喝光。」

「然後？」

「我們喝多了，吵了架。」

他閉上嘴，聳聳肩。

「我寧可不談。」

「你們為何吵架？」柯柏問。

「他……把我氣瘋了。」

「怎麼說？」

藍色的眼神頓時劇變，露出抑制不了的凶光。

「他的舉止就像……呃，他說了一些話……關於我未婚妻的話。等一下，我可以解釋事情是怎麼開始的。如果你在右邊最上層的抽屜裡找找……那裡有一些相片。」

馬丁．貝克拉開抽屜，找出相片，小心地捏著。背景是在某個海灘上，正是那種情侶在無人打擾時會照的相片。他很快地一一翻過去，幾乎沒在看。最底下的一張摺得都破了，相片裡，那個淡色眼睛的女人正對著拍照者微笑。

「那時我在浴室。等我回來時，他正站在那裡偷翻我的抽屜。他找到……那些相片，想把其中一張放進口袋。我本來就已經很氣他了，但那時我根本……氣瘋了。」

他停了一下，帶著歉意說：「不幸的是，詳情我記不太清楚了。」

馬丁．貝克點點頭。

「雖然他反抗，我還是搶回了那些照片。他接著開始罵髒話，呃，有關安路易絲的。我當然知道字字都是胡說八道，但就是聽不下。他很吵，幾乎是用喊的。我也怕他吵醒鄰居。」

他又垂下眼睛，看著雙手說：「呃，那些可能沒那麼重要，但也許我還記得一些。我不知道，是否得再重覆……」

「目前先不提細節吧，」柯柏說，「然後呢？」

「我把他勒死了。」他靜靜地說。

馬丁・貝克等了十秒，摸摸鼻子說：「接下來？」

「我剎時完全清醒，至少我以為清醒。他躺在地上，死了，大約是清晨兩點。當然，我應該報警才是，只是當下似乎沒那麼容易。」

他想了一下。

「呃，一切可能就此完蛋。」

馬丁・貝克點點頭，看了看錶。這動作似乎催了那人加快陳述。

「於是，我就在這裡坐了大概十五分鐘，試圖想辦法，就在這張椅子上。我拒絕接受眼前這絕望的狀況，一切都發生得……那麼讓人吃驚，毫無意義。我不解，怎麼會是我，突然——哦，那個我們之後再談吧。」

「你知道麥森要去布達佩斯？」柯柏說。

「是的，當然知道。他帶著護照和機票，只需回家拿行李。我想，是他的眼鏡讓我動了這個念頭。他的眼鏡掉在地上，這副眼鏡很特別，他戴上後樣貌會不太一樣。然後我無意間想到外面那棟房子，我曾經從陽台上看到消防隊在練習滅火。每個星期一，他們放了火又滅掉，但放火前不會仔細檢查。我知道他們不久後就會把剩下的一點房子也燒了，這大概比用普通方式拆掉房子還省錢。」

葛那森絕望地瞥了馬丁．貝克一眼，急急地說：

「於是我拿了他的護照、機票、車鑰匙和公寓鑰匙，然後……」

他顫抖了一下，但馬上恢復平靜。

「然後我把他搬進車裡。這部分最困難的，但我……呃，我剛才要說的是我運氣好，我把車開到哈加蘭。」

「到一個舊農舍去？」

「是的，那裡非常安靜。我把……阿爾夫搬上閣樓，那很難，因為有一半的樓梯都不見了。我把他放在一堵鬆動的牆後的垃圾堆裡，才不會讓人發現。他畢竟死了，沒那麼要緊吧，我想。」

馬丁．貝克焦急地看看錶。

「繼續。」他說。

「天色逐漸變亮，我去福來明路拿走他的行李，行李已經打包好了。我把行李放進阿爾夫的車裡，回到這裡稍微整理一下，拿了他的眼鏡和還掛在廳裡的大衣。我幾乎是馬上就回來，不敢留在他的住處。所以我開了阿爾夫的車去阿蘭達，把車停在那裡。」

那人眼神哀求地看著馬丁・貝克，說：「事情進行得很順利，好像一切都自動發展似地。我戴上眼鏡，但大衣太小件，所以我搭在手上，通過境檢。這趟旅行我記得不多，但一切似乎都很容易。」

「你原本打算怎麼離開那裡？」

「我只知道總有辦法解決。我認為最好是坐火車去奧地利邊界，然後非法偷渡。我自己的護照在口袋裡，可以從維也納回來。我去過維也納，知道他們不會在護照上蓋出境日期。但是我又交了好運，我想。」

馬丁・貝克點點頭。

「那邊的房間不夠住，所以阿爾夫訂了兩家不同的旅館。我在那家只住第一晚——我不記得那家叫什麼。」

「伊夫沙嘉。」

「對，也許是。總之，我和一群講法文的人同時到達，我猜他們比我早到一些。看來像是學生——其中有幾個有鬍子。當我交出阿爾夫的——麥森的護照時，服務員正把已登記好的其他護照放進置物格。我在通道上多待了一會兒，服務員後來暫時離開，於是我就有機會取得其他護照。我才找了三本，就找到一本我認為合適的——比利時護照。那傢伙叫洛德爾什麼的，總之那名字讓我聯想到某種香檳。」

馬丁．貝克小心翼翼地看錶。

「隔天早上呢？」

「我拿了阿爾夫——麥森的護照，去了另一家旅館。那家旅館又大又堂皇，叫杜那。我在櫃台交出護照，仍是阿爾夫的，再把他的行李袋放在房內，至多待了半個小時，然後就走了。我有地圖，便看圖走到火車站。途中，我發現旅館的鑰匙還在口袋裡。那鑰匙很大，實在麻煩，所以我經過一間警察局時就把它丟在外頭。我覺得那是個好主意。」

「沒特別好啦。」柯柏說。

葛那森微微一笑。

「我成功搭上往維也納的特快車，只花了四個小時。首先，我當然先摘下阿爾夫的眼鏡，把大衣捲好；那時我用是比利時護照，很好用。那列火車乘客很多，查驗護照的官員因此動作十分匆忙。對了，來查驗的是個女孩子。我在維也納直接從東站搭了計程車到機場，搭上下午的班機回斯德哥爾摩。」

「你怎麼處理洛德的護照？」馬丁．貝克問。

「撕碎沖進東火車站的馬桶。眼鏡也是，我打碎鏡片，弄斷鏡框。」

「他的大衣呢？」

「我把它掛在火車站自助餐廳的鉤子上。」

「所以不到晚上，你就回到這裡了？」

「對，後來我進辦公室交了兩篇以前寫的稿子。」

室內一片安靜。馬丁・貝克最後開口：「你躺過那張床嗎？」

「哪裡的床？」

「杜那旅館。」

「有，床會嘎吱響。」

葛那森又低頭看著手，安靜地說：「我的處境非常困難，不單是為了我自己。」

他快速地看了那張相片一眼。

「要不是意外發生，我會在星期天結婚。而且……」

「是的？」

「事實上那是個意外，你應該能理解……」

「是的。」馬丁・貝克說。

柯柏在這一個小時裡幾乎沒動過，現在，他忽然聳聳肩，不耐地說：「好了，來吧，該走了。」

殺了阿爾夫·麥森的那人忽然洩了氣。

「是的，當然。我很抱歉。」

他迅速起身走向浴室。他們坐著不動，但馬丁·貝克卻面露不悅地看著關上的門。柯柏隨著他的目光說：「裡面沒有他能拿來自戕的東西，我甚至連裝牙刷的玻璃杯都拿走了。」

「床頭櫃上有一盒安眠藥，裡頭至少有二十五顆。」

柯柏進去臥房後折返。

「不見了。」他說。

他看了看浴室的門。

「我們該——」

「不，」馬丁·貝克說，「我們等。」

無需等上三十秒，亞克·葛那森就自動出來了。他虛弱地笑著說：「現在我們可以走了吧？」

沒人回答。柯柏進到浴室，掀開馬桶蓋，探手下去撈出一只空藥盒。他邊走回書房邊讀標籤。

「西可巴比妥，」他說，「很危險的一種。」

他看著葛那森，用很困擾的口氣說：「實在沒必要，不是嗎？現在我們得把你送到醫院。他們會在你身上放個圍兜，一直蓋到腳，然後往你的喉嚨通根橡皮管。明天你既無法吃東西，也不能說話。」

馬丁・貝克打電話叫了一部巡邏車。

他們快速走下樓梯，每個人都希望快點離開。

巡邏車已經到了。

「洗胃案件，」柯柏說，「相當緊急。我們會跟在你們後面。」

葛那森坐進車裡時，柯柏似乎想起什麼，他擋住車門說：「你從旅館走到火車站時，起先是不是走錯站？」

殺了阿爾夫・麥森的人，用已經開始變得呆滯的僵硬眼神看著。

「對，你怎麼知道？」

柯柏關上車門，車子開走了。開車的警察在第一個轉角處響起警笛。

穿著灰色連身工作服的警察，在木屋焚毀現場的灰燼堆和焦梁間緩緩移動。一小群在週日帶著嬰兒車和餐籃出來散步的人，已經聚在圍起來的繩子外好奇觀望。時間已過四點。

馬丁．貝克和柯柏一下車，史丹斯壯就從一群警察中跑了過來。

「你說對了，」他說。「人在裡面，但所剩不多。」

一小時後，他們又開車回城裡。經過舊城界時，柯柏說：「若是再晚個一週，建築公司就會開推土機把現場鏟得一乾二淨了。」

馬丁．貝克點點頭。

「他盡全力了，」柯柏頗有哲理地說，「而且做得也不差。如果他多了解麥森一些，不嫌麻煩地檢查一下他的行李袋，然後在哥本哈根搭飛機，而不是冒險擦掉護照上的東西……」

他沒把話說完，馬丁．貝克斜眼看了他一下。

「然後呢？你是說，他可能會沒事？」

「不，」柯柏說，「當然不是。」

雖然夏日的氣候多變，瓦納第斯浴場仍是人擠人。他們經過時，柯柏清清喉嚨說：「我不懂你怎麼還待在這裡。你理當去度假的。」

馬丁．貝克看看錶，今天是來不及趕到度假島了。

「你可以讓我在歐丁路下車。」

柯柏在角落一家電影院前停車。

「那麼，再見了。」他說。

「再見。」

他們連手都不握。馬丁・貝克站在人行道上看著車子開走，他過街走到斜對面轉角一家叫大都會的餐廳。吧台的燈光柔和宜人，角落的餐桌有人正低聲談話。

他在吧台坐了下來。

「威士忌。」他說。

酒保是個大塊頭，有雙冷靜的眼睛，動作迅速，穿著雪白的外套。

「加冰水嗎？」

「好呀，有何不可？」

「好的，」酒保說，「好極了。雙份威士忌加冰水，再好不過。」

馬丁・貝克在吧台坐了四個鐘頭。他沒再開口說話，只是又指了指自己的玻璃杯。白外套男子也沒說話。這樣比較好。

馬丁・貝克看著自己的臉映照在整排酒瓶後方霧朦朦的鏡子裡。當那影像開始模糊時，他叫了部計程車回家。一進門，人還在玄關處就開始脫去衣服。

30.

馬丁·貝克從無夢的沉睡中驚醒，床單和毯子都掉在地上，他覺得好冷。當他起來關上陽台門時，眼前直冒金星。他覺得口乾舌燥，頭痛欲裂，於是到浴室裡和著一大杯的水，艱苦地吞了兩粒止痛藥。他回到床上，拉上床單和毯子繼續睡。他惡夢連連，在半睡半醒地躺了兩個小時後，終於起床，到蓮蓬頭下沖了許久。他慢慢穿上衣服，站到陽台上，手撐著下巴，手肘倚著欄杆。

天氣晴朗，早晨的涼風預告著秋天的到來。有好一會兒，他望著一隻胖胖的獵獾犬悠閒地穿過建築物外一小片弧形綠地的樹幹之間。這片綠地被稱為林地，卻配不上這個稱呼。常青樹間的地面蓋滿松針和垃圾，初夏時還在的些許青草，早已被踏得不見蹤影。

馬丁·貝克回到臥室鋪床。他焦躁地在各房間穿梭了一陣子，把一些小東西和書本放進公事包才離開。

他搭地鐵到碼頭。船一小時後才開，所以他慢慢散步到橋上。他要搭的船已經到了，步橋也已放下，兩名船員正在前頭甲板上疊箱子。馬丁・貝克沒有上船，他繼續走，然後停下來喝杯茶，喝了以後馬上覺得更難過。

他在開船前十五分鐘登上渡輪，船上的蒸汽已經發動，正從煙囪裡噴出白煙。他走上甲板，坐在幾乎不到兩個禮拜前自己開始休假當天所坐的位子。他心想，現在什麼都阻止不了他休完這個假期了。但一想到假期或島嶼，他的心情卻不再那麼熱切欣喜。

引擎啟動，渡輪退離岸邊，汽笛響起。馬丁・貝克探出欄杆，凝視著冒泡打轉的海水。他沒有夏日休假的感覺，只覺得苦惱。

過了一會兒，他到船上沙龍喝了一瓶礦泉水。再回到甲板上時，位子已被一個肥胖的紅臉男人占去。胖男人穿著運動套裝、戴著貝雷帽，他在馬丁・貝克來不及撤退之前，就開始自我介紹一番。他滔滔不絕地力讚這片列島之美，聲稱他本人對此是最清楚不過的。馬丁・貝克無動於衷地聽著那人指出他們行經的島嶼及其名稱，最後終於擺脫這單方的談話，躲進船尾的沙龍。

餘下的旅程，他都躺在昏暗中的絲絨椅墊的長椅上，看著灰塵在煤箱透出的綠光束裡飛舞。

碼頭上，奈格仁正坐在汽艇裡等他。當他們駛近島嶼時，奈格仁關掉馬達，把船滑經小碼頭，好讓馬丁・貝克跳上岸。他接著再開啟馬達，揮揮手，繞過岬尖消失。

馬丁・貝克走到別墅。他的妻子正躺在屋後避風處，裸著身子在毯子上做日光浴。

「嗨。」

「嗨，我沒聽到你走過來。」

「孩子們在哪兒？」

「坐船出去了。」

「哦。」

「布達佩斯如何？」

「很美。你沒收到我寄的明信片嗎？」

「沒有。」

「慢點才會寄到吧，我想。」

馬丁・貝克走進屋內喝了一杓水，然後就站在那兒瞪著牆看。他想到那個戴著項鍊的金髮女子，不知她是不是站在門口按了許久的門鈴，卻無人前來開門。或者，她來得太遲，公寓裡已爬滿拿著鑷子和粉罐的警察。

他聽到妻子進門的聲音。

「說真的，你還好嗎？」

「不太好。」馬丁・貝克說。

馬丁．貝克 刑事檔案 02

蒸發的男人

Mannen som gick upp i rök

作者	麥伊．荷瓦兒 Maj Sjöwall 及 培爾．法勒 Per Wahlöö
譯者	柯翠蓮
社長	陳蕙慧
副總編輯	林家任
行銷	傅士玲、尹子麟、洪啟軒、姚立儷
封面設計	井十二設計研究室
地圖繪製	Emily Chan
排版	宸遠彩藝
印刷	通南彩色印刷股份有限公司
讀書共和國出版集團社長	郭重興
發行人兼出版總監	曾大福
出版	木馬文化事業股份有限公司
發行	遠足文化事業股份有限公司
地址	231 新北市新店區民權路 108-2 號 9 樓
電話	(02)2218-1417
傳真	(02)2218-0727
客服專線	0800-221-029
Email	service@bookrep.com.tw
法律顧問	華洋國際專利商標事務所　蘇文生律師
出版日期	2020 年 1 月　初版一刷
定價	320 元

國家圖書館出版品預行編目

蒸發的男人 / 麥伊 . 荷瓦兒 (Maj Sjöwall), 培爾 . 法勒 (Per Wahlöö) 合著 ; 柯翠蓮譯 . -- 初版 . -- 新北市 : 木馬文化出版 : 遠足文化發行 , 2020.01
296 面 ; 14.8X 21 公分 . -- (馬丁 . 貝克刑事檔案 ; 2)
譯自 : Mannen som gick upp i rök
ISBN 978-986-359-744-5(平裝)

881.357　　108018256